William Shakespeare

新译 莎士比亚全集

TITUS ANDRONICUS

泰特斯·安德洛尼克斯

【英】威廉·莎士比亚——著

傅光明——译

天津出版传媒集团
天津人民出版社

图书在版编目(CIP)数据

泰特斯·安德洛尼克斯 / (英) 威廉·莎士比亚著；傅光明译. -- 天津：天津人民出版社, 2023.11
(新译莎士比亚全集)
ISBN 978-7-201-19794-4

Ⅰ. ①泰… Ⅱ. ①威… ②傅… Ⅲ. ①悲剧—剧本—英国—中世纪 Ⅳ. ①I561.33

中国国家版本馆CIP数据核字(2023)第185746号

泰特斯·安德洛尼克斯

TAITESI·ANDELUONIKESI

出　　版　天津人民出版社
出 版 人　刘　庆
地　　址　天津市和平区西康路35号康岳大厦
邮政编码　300051
邮购电话　(022)23332469
电子信箱　reader@tjrmcbs.com

责任编辑　霍小青
装帧设计　李佳惠　汤　磊

印　　刷　河北鹏润印刷有限公司
经　　销　新华书店
开　　本　880毫米×1230毫米　1/32
印　　张　6.75
插　　页　5
字　　数　135千字
版次印次　2023年11月第1版　2023年11月第1次印刷
定　　价　62.00元

目　录

剧情提要

罗马皇帝去世后，皇长子萨特尼纳斯与次子巴西阿努斯争夺王位。元老院将同野蛮的哥特人作战的泰特斯召回。泰特斯的弟弟马库斯恳请二位皇子各自退去，削减武力，遣散属下。

泰特斯凯旋。他俘虏了众多哥特人，包括哥特女王塔摩拉和她的两个儿子德米特律斯、凯戎及她的情人摩尔人亚伦。泰特斯的二十五个儿子，只活着回来四个，其余全部战死。泰特斯的长子路西乌斯提出要把最高贵的哥特战俘砍掉四肢，放在柴堆上活祭肉身，以礼敬兄弟们的亡魂。塔摩拉跪求泰特斯饶她大儿子阿拉布斯一命。泰特斯拒绝。路西乌斯命人点火。塔摩拉直呼残忍！德米特律斯和凯戎劝母亲隐忍，等待复仇时机。

身为护民官，马库斯告知泰特斯，提名泰特斯与两位皇子一起参加君权选举，只要泰特斯提出要求，便能得到君权。萨特尼纳斯暴怒，对泰特斯恶语相向。巴西阿努斯趁机拉拢泰特斯加入自己的阵营。泰特斯请求指定萨特尼纳斯继位，并希望他的美德照耀罗马。萨特尼纳斯向泰特斯致谢，并愿娶泰特斯之女拉维妮娅为皇后。泰特斯表示愿将自己所拥有的一切，恭奉在皇帝脚下。巴西阿努斯宣布，拉维妮娅已和他订婚，并在马库斯和路西乌斯的帮助下，将拉维妮娅抢走。萨特尼纳斯指责泰特斯是共谋者，故意羞辱自己。萨特尼纳斯转向塔摩拉求爱，要娶她做新娘、做罗马的皇后，并马上去万神殿完成结婚仪式。

塔摩拉出面替泰特斯说情，劝萨特尼纳斯假意和解，等复仇的时机成熟，再杀光他们，除掉泰特斯那一派及其家族。

亚伦发誓要继续和塔摩拉嬉戏放浪，并亲眼看罗马的国家之船遇难。德米特律斯和凯戎都疯狂爱上拉维妮娅，都表示要把拉维妮娅夺过来。二人争执不下，欲拔剑相斗。亚伦劝他们合力去获取所争之物，并出主意说很快要有一场盛大狩猎，罗马的姑娘们将结队相随，可在林中选一荒僻处，到时对拉维妮娅施暴作恶。

在林中一僻静处，亚伦向塔摩拉透露，要让巴西阿努斯死于非命，让拉维妮娅失掉舌头，让德米特律斯和凯戎劫去拉维妮娅的贞洁。巴西阿努斯和拉维妮娅撞见亚伦与塔摩拉幽会。巴西阿努斯痛斥塔摩拉在淫欲引导下，撇开卫队，独自来与摩尔人鬼混。拉维妮娅劝丈夫赶紧离开，好让塔摩拉与黝黑的恋人尽情偷欢。德米特律斯和凯戎赶来，一人一剑，将巴西阿努斯刺死，然后把拉维妮娅拖入洞穴，轮奸，随后砍掉她的双手，割下她的舌头。

德米特律斯和凯戎将巴西阿努斯的尸体抛入一深坑。为嫁祸于泰特斯的两个儿子昆图斯和马蒂乌斯，亚伦将这兄弟俩骗至坑前。马蒂乌斯跌入深坑后，亚伦便去报告皇帝。昆图斯把手伸向深坑，想把马蒂乌斯拉上来，结果也跌入坑中。萨特尼纳斯前来，塔摩拉交给他一封信，亚伦翻出自己事先藏好的一袋金子作物证，使萨特尼纳斯确信昆图斯和马蒂乌斯是凶犯，下令将其投入监牢，以酷刑拷问。

泰特斯在罗马一街道上，匍匐在地，向裁判官、众元老和护民官们发出哀求，撤销对其两个儿子的死刑判决，却无人回应。这时，路西乌斯告诉父亲，他为救两个弟弟活命，被裁判官判处永久放逐。亚伦传话，只要马库斯、路西乌斯或泰特斯自己，随便谁，砍下自己的一只手，送到君王那儿当赎金，昆图斯和马蒂乌斯就能活命。泰特斯要亚伦帮他砍下自己的手。路西乌斯和马库斯相互争执，都愿砍下各自的手。泰特斯假意应承，让他们去找斧头，然后恳求亚伦将自己的手砍下。亚伦答应用泰特斯的手去换他两个儿子的命。结果很快，一信差便将泰特斯的那只手和他的两个儿子的人头带回。泰特斯发誓要复仇，他让路西乌斯立刻赶到哥特人那里，召集一支军队。

在泰特斯家中花园里，拉维妮娅追着侄子小路西乌斯跑，小路西乌斯腋下夹着的奥维德的《变形记》掉在地上，拉维妮娅用残肢翻看书中菲洛米拉的凄惨故事。泰特斯问拉维妮娅，她是否像菲洛米拉一样，在冷酷、荒凉、幽暗的树林里，遭到强奸，受到玷污？拉维妮娅点头。她用嘴衔住手杖，再用残肢引导，在沙地上写下：“强奸，凯戎、德米特律斯。”马库斯拉大家一同跪下，发誓要精心策划，报仇雪恨。泰特斯要小路西乌斯当信使，给德米特律斯和凯戎送去两件礼物：一句贺拉斯的诗，一捆武器。

小路西乌斯将礼物送到宫中。看到那句诗，亚伦瞬间明白，罪行已败露。

一奶妈怀抱着一黑皮肤婴儿走来，这是亚伦的孽种。德米特律斯和凯戎骂亚伦毁了他们的母亲，要杀死婴儿。亚伦接过孩子，拔出剑，发誓谁敢碰他儿子，就叫谁死在剑尖上。亚伦得知这事除了塔摩拉，只有接生婆和奶妈两人知晓，他便一剑杀死奶妈，然后说出诡计，要用另一个白净的婴儿替换他儿子，再想法除掉接生婆。

埃米利乌斯禀报，哥特人召集兵马，组成一支大军，在路西乌斯的统领下，前来复仇。萨特尼纳斯十分担心。塔摩拉心生一计，她要埃米利乌斯充当特使，告知泰特斯，皇帝请求在他家里与路西乌斯会面、谈判。塔摩拉向萨特尼纳斯保证，她能用一切手段控制住泰特斯，让皇帝不必多虑。

在罗马附近平原上，一哥特士兵将怀抱婴儿的亚伦抓获。路西乌斯向亚伦保证，只要他说出真相，可保孩子活命。亚伦交代，婴儿是他和皇后所生；皇后的两个儿子杀了巴西阿努斯，并割掉拉维妮娅的舌头，将她强奸，砍下她的两只手。亚伦承认一切罪恶都是他捣的鬼：把昆图斯和马蒂乌斯引诱到躺着巴西阿努斯尸体的深坑中；与皇后的两个儿子共谋，写好后来让泰特斯找见的那封信，并把信里提到的金子藏起来；骗泰特斯砍掉了一只手，眼见那只手换来两颗人头；看到泰特斯落泪，亚伦欢快地笑出眼泪；而当塔摩拉得知这一切，狂喜不已，作为奖赏，吻了他二十回。亚伦嫌自己作恶太少。

塔摩拉与德米特律斯、凯戎乔装成“复仇女神”“强奸”“谋杀”，来到接近疯狂的泰特斯家中。塔摩拉哄骗泰特斯答应召回路西乌斯参加宴会，到时定要把所有敌人都带来，任凭泰特斯处置发落。塔摩拉临走，泰特斯要她把“强奸”和“谋杀”留下作陪。然后，泰特斯命人把德米特律斯和凯戎绑起来，历数两人的罪恶，用刀切断他们的喉咙，让拉维妮娅用残肢抱着一个盆接血。他要把他们的骨头碾成粉，用血调和，再把他们的脑袋裹上面糊烘烤，让皇帝、皇后享受一场凶暴、血腥的盛宴。

在泰特斯家中大厅，路西乌斯来与萨特尼纳斯会面。泰特斯一身厨师装扮，把肉放在桌上，拉维妮娅脸蒙面纱帮厨。家宴开始，泰特斯突然问萨特尼纳斯，冲动的百夫长弗吉尼乌斯因女儿遭强暴、受玷污、被夺去贞洁，亲手杀了她，是否应该。萨特尼纳斯表示赞同，认为那姑娘不该忍辱苟活。泰特斯一剑将拉维妮娅杀死。然后，他说明真相，德米特律斯和凯戎犯下这一切罪恶，他们强奸了拉维妮娅，并割下她的舌头；而且，皇帝和皇后刚吃的肉饼，就是用这两个凶犯的尸肉烤制而成。说完，他一剑杀死塔摩拉，萨特尼纳斯杀死泰特斯，路西乌斯杀死萨特尼纳斯。

路西乌斯向民众讲述了一切：德米特律斯和凯戎杀了皇帝的弟弟，强奸了拉维妮娅，致使昆图斯和马蒂乌斯被砍头；泰特斯上当受骗，失去一只手；自己遭受恶意放逐，只好向哥特人求助、复仇。马库斯告诉民众，摩尔人亚伦是这一切惨祸的主谋。民众发出呼声，选择路西乌斯做罗马仁慈的统治者！路西乌斯下令：把亚伦齐胸埋在土里，饿死；把萨特尼纳斯的尸体运走，埋入祖坟；将泰特斯和拉维妮娅葬入家族墓穴；把凶恶的母老虎塔摩拉的尸体，扔给野兽、猛禽。

剧中人物

萨特尼纳斯 罗马先皇长子，后继位称帝	Saturninus the deceased Emperor’s eldest son, who succeeds as Emperor
巴西阿努斯 萨特尼纳斯之弟，与拉维妮娅相恋	Bassianus brother to Saturninus, in love with Lavinia
泰特斯·安德洛尼克斯 罗马贵族，抗击哥特人的将军	Titus Andronicus a noble Roman, general against the Goths
马库斯·安德洛尼克斯 护民官，泰特斯·安德洛尼克斯之弟	Marcus tribune of the people, and brother to Titus
路西乌斯、昆图斯、马蒂乌斯、穆蒂乌斯 泰特斯·安德洛尼克斯之子	Lucius, Quintus, Martius, Mutius sons to Titus Andronicus
小路西乌斯 男童，路西乌斯之子	Young Lucius a boy, son to Lucius

普布利乌斯 马库斯·安德洛尼克斯之子	Publius son to Marcus the tribune
桑普洛尼乌斯、盖乌斯、瓦伦丁 泰特斯之亲族	Sempronius, Caius, Valentine kinsmen to Titus
埃米利乌斯 罗马贵族	Aemilius a noble Roman
阿拉布斯、德米特律斯、凯戎 塔摩拉之子	Alarbus, Demetrius, Chiron sons to Tamora
亚伦 摩尔人，塔摩拉所爱之人	Aaron a Moor, beloved by Tamora
一队长、护民官、信差、小丑	A captain, tribune, messenger,clown
罗马人与哥特人	Romans and Goths
塔摩拉 哥特人的女王，后嫁给萨特尼纳斯，成为罗马皇后	Tamora Queen of the Goths, later Empress of Rome, married to Saturninus
拉维妮娅 泰特斯·安德洛尼克斯之女	Lavinis daughter to Titus Andronicus
一奶妈、一黑人小孩	A nurse,a black child
众元老、众护民官、众军官、众士兵及众侍从	Senators, tribunes, officers, soldiers and attendants

地点

罗马及附近乡村

泰特斯·安德洛尼克斯

本书插图选自英国画家约翰·吉尔伯特(1817—1897)作品。

第一幕

萨特尼纳斯与巴西阿努斯争夺王位

第一场

罗马，元老院前，安德罗尼西的坟墓布置在台上

（喇叭奏花腔。众护民官与元老自高处上；随后，萨特尼纳斯[①]及部下自一门上；巴西阿努斯及部下自另一门上，各携军旗、战鼓。）

萨特尼纳斯　高贵的贵族们，我权利的保护者，用武器捍卫我的正义事业。同胞们，我忠诚的属下，用你们的剑支持我世袭的权利。我是已故佩戴罗马帝国皇冠之人的头胎长子；那让我父亲的荣耀在我体内存活，别拿这种耻辱冒犯我的资历[②]。

巴西阿努斯　罗马人，——朋友们，追随者，我权利的拥护者，——倘若恺撒之子巴西阿努斯，在罗马王室的眼中还受欢迎，那就守卫通往

---

① 萨特尼纳斯（Saturninus）：此名有性情忧郁之意。

② 冒犯我的资历（wrong mine age）：意即我有资历，别惹我。原文为“Nor wrong mine age with this indignity”。朱生豪译为：“不要让我长子的名分遭受非礼的侮辱。”梁实秋译为：“不要轻蔑我这长子的地位。”

卡皮托尔山[①]的这条路，不许耻辱靠近这君王宝座，羞辱神圣的价值，羞辱正义、自我节制与尊贵高尚[②]。只有让功名在自由选择中闪耀，罗马人，在你们的选择中为自由而战。

（护民官马库斯·安德洛尼克斯持皇冠自高处上。）

马库斯　二位皇子，你们各拉一派，各有朋友尽力，雄心勃勃地争权势、夺皇位。要知道，我们所代表的特殊一派，即罗马民众，在罗马皇位的选举中，经公民投票，一致推举享有“庇护”[③]称谓的安德洛尼克斯，因他把许多好运和应得报偿的功劳带给罗马。如今，住在这城墙内的人，没一个更高贵之人，更勇敢的战士。他同野蛮的哥特人鏖战，元老们已召他赶回。他和他的儿子

---

① 卡皮托尔山（Capitol）：朱庇特神庙所在地；剧中为元老院所在。

② 原文为“And suffer not dishonour to approach / Th’ imperial seat, to virtue consecrate, / To justice, continence and nobility”。朱生豪译为：“不要让耻辱玷污了皇座的尊严；这一个天命所集的位置，是应该为秉持正义、淡泊高尚的人所占有的。”梁实秋译为：“不准任何人亵渎这皇权所寄的圣地，因为这乃是维护美德主持正义的所在地。”

③ “庇护”（Pius）：有“尽责、爱国、公正”之意，体现罗马传奇建国者庇护·埃涅阿斯（Pius Aeneas）的美德。

们，令敌胆寒，用轭套降住[①]一个强悍、善打硬仗的民族。从他第一次承担罗马这项使命，耗去十载，凭武力鞭笞敌人的骄狂。有五次，他流着血，把装殓入棺的英勇儿子们从战场带回罗马。现在，这位高贵的安德洛尼克斯、声名显赫的泰特斯，终于满载令人震惊的战利品，盔明甲亮，回到罗马。让我们——凭你们眼下所寄望的继承皇位的荣耀之名，并以你们所声言尊奉和崇敬的卡皮托尔山和元老院之权利，——恳请二位各自退去，削减武力，遣散属下，请愿者应以和平、谦恭的态度，提请诉求。

萨特尼纳斯　这位护民官所说抚平我心绪之言，多么亲切！

巴西阿努斯　马库斯·安德洛尼克斯，你正直、诚实，我信得过，所以，我喜爱、尊敬你和你的家人，你高贵的兄长泰特斯和他的儿子们，还有她，我全心恭顺的、贤德的拉维妮娅，罗马最宝贵的装饰。我愿在此将亲爱的朋友们解散，把我的目标，交由我的命运

---

① 用轭套降住（yoked）：原指用轭把牛套住耕作，转义指征服、降住。

和民众的眷顾，在天平上衡量轻重[①]。(他手下众士兵下。)

萨特尼纳斯　朋友们，对我的权利，你们一向热心，感谢大家，我在此将你们解散，并将我自身、我的职责和目标，都交给国家的厚爱与眷顾。(他手下众士兵下。)

罗马，愿你待我公正、仁慈，
恰如我对你信任、友善。——

开门，让我进去。

巴西阿努斯　护民官们，还有我，一个弱小的竞争者[②]。

(喇叭奏花腔。萨特尼纳斯与巴西阿努斯拾阶而上，步入元老院。一队长上。)

队长　罗马人，让路！高贵的安德洛尼克斯，美德的守护人，罗马最棒的捍卫者，在战斗中获得成功，他用利剑抑制罗马的敌人，给敌人加上轭套，伴着荣耀、伴着好运，回来了。

(战鼓、号角齐鸣，随后泰特斯的两个儿子马蒂乌斯和穆蒂乌斯上；随其身

---

① 参见《旧约·约伯记》6:2:“但愿有人把我的灾难称一称，/ 有人把我的烦恼放在天平上。”31:6:“愿上帝把我放在公正的天平上；/ 他会知道我无辜。”

② 一个弱小的竞争者(a poor competitor)：巴西阿努斯是萨特尼纳斯的弟弟，未排入直接继承人之列，故自称“弱小”。

后二人，抬一棺材，上覆黑布；泰特斯的另外两个儿子路西乌斯和昆图斯随后上。在其身后，泰特斯·安德洛尼克斯乘战车上；随后是哥特人的女王塔摩拉[1]及其两个儿子凯戎和德米特律斯、摩尔人亚伦[2]及尽可能多的其他哥特人；他们放下棺材，泰特斯演讲。）

泰特斯　　致敬，罗马，你身着丧服的胜利！看哪！像已经卸下货物的小船，满载新货，回到最初起锚的港湾，安德洛尼克斯回来了，身缠月桂树枝[3]，以泪水向自己的国家致敬，这真正快乐的眼泪，为重返罗马而流。——你，这卡皮托尔山的伟大守护者[4]，请仁慈地维护我们准备的仪式！——罗马人，二十五个英勇的儿子，普里阿摩斯国王[5]儿子数量的一半，瞧剩下这些可怜的，有的活、有的死！这几个活着的，让罗马用爱来犒赏；这几个死去的，我把他

---

① 塔摩拉（Tamora）：此名或暗指古伊朗东部族群马萨格泰人的女王（Queen of Massagetae）托米丽司（Tomyris），波斯的居鲁士（Cyrus of Persia）攻击她的领土、杀死她的儿子，此后，她回以血腥报复。此名也可能暗示“爱”（love；拉丁语为 amor）及其欲望对象“摩尔人”（Moor）。

② 摩尔人（Moor）：居住在非洲西北部的穆斯林居民，曾于8世纪攻占西班牙部分地区，此处尤指北非的柏柏尔人（Berbers）。亚伦（Aaron）：在最早的“四开本”中拼作 aron，是一种苦草的名字。

③ 身缠月桂树枝（bound with laurel boughs）：朱生豪、梁实秋均译作“戴着桂冠”。

④ 这卡皮托尔山的伟大守护者（great defender of this Capitol）：指古罗马神话中的众神之王朱庇特（Jupiter）。

⑤ 普里阿摩斯国王（King Priam）：特洛伊国王，共有五十个儿子，希腊联军攻破特洛伊之后，大多被杀死。历史上的泰特斯，实有二十六个儿子。

们送回家乡，葬在先祖的坟中。哥特人已让我收剑入鞘。泰特斯，你对骨肉不念亲情、疏忽怠慢，你因何能忍，还不将儿子们安葬，叫他们在斯提克斯[1]可怕的岸边徘徊？——让路，叫他们躺在兄弟们身旁。（众人打开墓穴。）为国而战、身死沙场的孩子们，按死亡者的习惯，在那里默默致意，安然入眠！啊，我的快乐的神圣容器，美德和高贵的甜美宝库，[2]你藏起我多少个儿子，永不会再归还我！

路西乌斯　把最高贵的哥特战俘交给我们，好让我们砍掉四肢，放在柴堆上[3]，活祭肉身，在他们骸骨的这座土质牢狱[4]前，"礼敬兄弟们的亡魂"[5]，以便幽灵得抚慰，我们尘间也免遭异兆侵扰。

---

① 斯提克斯（Styx）：古希腊神话中司掌冥河的女神，象征苦难、守誓、愤怒的冥河。按传说，尸体被安葬后，灵魂方能渡过冥河。

② 此处以"神圣容器"和"甜美宝库"代指坟墓。原文为"O sacred receptacle of my joys / Sweet cell of virtue and nobility"。朱生豪译为："啊，埋藏着我的喜悦的神圣的仓库，正义和勇敢的美好的巢窟。"梁实秋译为："容纳我的亲人的圣地啊，贮存英勇气概的宝库。"

③ 放在柴堆上（on a pile）：指古代的火葬柴堆。但古罗马并无燔祭活人之举。

④ 这座土质牢狱（this earthy prison）：指埋葬骸骨的坟墓。"皇莎版"此处作"this earthly prison"，意即这座尘间牢狱。朱生豪、梁实秋均未译出。

⑤ "礼敬兄弟们的亡魂"（Ad manus fratrum, i.e. to the departed spirits of our brothers），原为拉丁文。

泰特斯　我把他交给你们，这最高贵的幸存者，是这悲苦的女王的长子。

塔摩拉　稍等，罗马的兄弟们！——仁慈的征服者，（双膝跪地。）获胜的泰特斯，怜悯我流下的泪水，一位母亲为亲生儿子流下的悲伤的泪。如果你疼爱过自己的儿子，啊，想一下，我同样疼爱我的儿子！把我们押送罗马，为你凯旋的队列增色，被你俘虏，受你的罗马奴役，这还不够吗？难道我儿子，就该因他们为国家事业的英勇行为，当街受死？啊，倘若为国王和全体国民而战，在你的国家属虔敬之举，在我国也如此。安德洛尼克斯，不要用血玷污你的坟墓。你愿接近众神的秉性吗？[1]表露悲悯，你就接近了他们。甜美的悲悯是高贵品性真正的徽章。三倍高贵的[2]泰特斯，饶过我的长子吧。

泰特斯　让自己冷静，夫人，原谅我。这些是他们的兄弟，你们哥特人眼见这些兄弟活生生

---

① 参见《旧约·出埃及记》34:6:"我是满有慈悲的上帝。我不轻易发怒，有丰富的慈爱和诚实。"《诗篇》145:8:"上主慈悲，充满悲悯；/ 他不轻易发怒，满有不变的爱。"

② 三倍高贵的（thrice-noble）：即非常高贵的。

地死去；他们为被杀的兄弟，虔诚地要一份燔祭。您这个儿子中了标，他非死不可，以此告慰那些逝去的悲吟的幽灵。

路西乌斯　　把他带走！立即点火。在柴堆上，让我们用剑砍下他的四肢，直到彻底烧净。

［安德洛尼克斯四个儿子（路西乌斯、昆图斯、马蒂乌斯、穆蒂乌斯）带阿拉布斯下。］

塔摩拉　　（起身。）啊，残忍，不敬神明的邪恶！[①]

凯戎　　当年塞西亚[②]人能赶上他们一半残忍？

德米特律斯　　别拿塞西亚与雄心勃勃的罗马相比。阿拉布斯去安息，我们要在泰特斯吓人的神情下存活、颤抖。接下来，母亲，要决心坚持，唯愿曾在色雷斯暴君的营帐里，用严厉的复仇时机武装特洛伊王后的那批众神，[③]能垂爱哥特人的女王，塔摩拉，——

---

① 原文为“O cruel, irreligious piety”。朱生豪译为：“啊，残酷的、伤天害理的行为！”梁实秋译为：“啊，残忍的，邪魔外道的礼节！”

② 塞西亚（Scythia）：公元前欧洲东南部以黑海北岸为中心区域的一古国。塞西亚人为游牧民族，以野蛮著称。旧译“斯基泰”或“锡西厄”。

③ 特洛伊王后（the Queen of Troy）：即特洛伊国王普里阿摩斯之妻赫卡柏（Hecuba）。色雷斯暴君（Thracian tyrant）：即色雷斯国王波吕莫斯托尔（Polymestor），曾受托抚养普里阿摩斯的幼子波吕多洛斯（Polydorus），特洛伊陷落后，为侵吞其财产，派人将其杀死。之后，赫卡柏在众神帮助下，向波吕莫斯托尔复仇，杀死他的两个儿子，弄瞎他的双眼。事见奥维德《变形记》卷13。按梁实秋注释，“营帐”细节应取自古希腊悲剧家欧里庇得斯（Euripides, 前480—前406）的悲剧《赫卡柏》（*Hecuba*）。

趁哥特人仍是哥特人，塔摩拉仍是女王之际——用血腥之举叫她的仇敌偿还血债。

（安德洛尼克斯四个儿子，各个手持血腥之剑，重上。）

路西乌斯　看，父亲大人，我们上演完罗马的仪式。阿拉布斯的四肢被全部砍下，内脏喂给燔祭之火，冒的烟像焚香一样使天空弥漫芳香。万事皆无，只剩埋葬我们的弟兄，用响亮的号声，欢迎他们回罗马。

泰特斯　就这么办，让安德洛尼克斯以此向他们的灵魂做最后的道别。（喇叭奏花腔。随之吹响号角，棺材被放入墓穴。）我的儿子们，你们在这里安详、荣耀地安息。罗马最迅猛的勇士们，你们在这里长眠，免遭尘世的不幸和灾祸！这里没有谋逆潜藏，这里没有嫉妒膨胀，这里没有怨恨成活，这里没有风暴，没有喧闹，只有寂静和永恒的睡眠。我的儿子们，你们在这里安详、荣耀地安息①。

（拉维妮娅上。）

拉维妮娅　愿泰特斯大人在和平与荣耀中长寿，愿我

---

① 参见《旧约·约伯记》3:17—18:“在坟墓里，坏人停止作恶，/ 辛劳之人得享安息。/ 连囚犯也有安宁，/ 再听不到监工的责骂。”

拉维妮娅和泰特斯

高贵的父亲大人,荣耀平生!瞧,在这座坟茔,我以纳贡的泪水,回报兄弟们的葬礼,我跪在你脚下,(双膝跪地。)为你重返罗马,把喜悦的泪,洒在地上。啊!此刻,用你的胜利之手,幸运罗马最好的公民们为之喝彩的那只手,为我祝福![①]

泰特斯 温情罗马,你这般亲切为我的暮年保留"滋补剂"[②],令我暖心!——

拉维妮娅,活着,愿你比你父亲活得长,愿你因你的美德,声名永存!(拉维妮娅起身。)

(马库斯·安德洛尼克斯与其他护民官等上;萨特尼纳斯与巴西阿努斯随上。)

马库斯 愿我深爱的兄长,泰特斯大人,罗马眼中仁慈的胜利者,万岁!

泰特斯 多谢,可敬的护民官,高贵的弟弟马库斯。

马库斯 侄子们,欢迎你们得胜归来,无论你们生还,还是在荣誉里安眠!可敬的大人们,凡拔剑为国效命,生者、死者享同样荣光。

---

① 原文为"O, bless me here with thy victorious hand, / Whose fortune Rome's best citizens applaud"。朱生豪译为:"啊!用你胜利的手为我祝福吧!"梁实秋译为:"啊!用你的胜利之手祝福我吧,为了你的幸运所有罗马人民无不欢欣。"

② "滋补剂"(mordial):代指巨大安慰带来的欢喜。

但这葬礼的盛况，是更平安的凯旋，这盛况已上升到梭伦[①]所说的幸福，在荣耀的墓床上战胜命运[②]。——泰特斯·安德洛尼克斯，你一向是罗马民众公正的朋友，他们托我——护民官、民众信任的代表——将这件洁白无瑕的候选人长袍送给你，并提名你与我们已故先皇的两个儿子一道，参加君权的选举。那身为“候选人”[③]，把它穿上，（呈上一长袍。）帮着给无头儿的罗马安上一个头儿[④]。

泰特斯　比起一个年迈、虚弱的头，一个更好的头才适合她荣耀的躯体。我干吗要穿上这长袍给你们添乱？今天宣布当选，明天被迫放弃统治，交出生命，给你们所有人引出新事端？罗马，我为你当兵四十年，成

---

① 梭伦（Solon）：古希腊哲学家、立法者，被誉为“古希腊七贤”之一。相传小亚细亚古国吕底亚（Lydia）最后一任国王克里萨斯（Croesus）曾向梭伦夸耀自己所享幸福，梭伦回答：“死之前，无人能说自己幸福。”（“Call no man happy until he is dead.”）原文为“this funeral pomp / aspired to Solon’s happiness”。朱生豪译为：“他们已经超登极乐。”梁实秋译为：“他们获得了梭龙所谓的幸福。”

② 原文为“And triumphs over the chance in honour’s bed”。朱生豪译为：“战胜命运的无常，永享不朽的荣名了。”梁实秋译为：“安眠在荣誉的床上，战胜了无常的困扰。”

③ “候选人”（candidatus）：原为拉丁文，即英文“candidate”。

④ 原文为“And help to set a head on headless Rome”。朱生豪译为：“帮助无主的罗马得到一个元首吧。”梁实秋译为：“帮助给没有首领的罗马按上一个首领吧。”

功领导我国的武力，埋葬了二十一个英勇的儿子，他们在战场上受封为骑士，在战斗中慨然受戮，为高贵的国之正义效命[①]。我上了岁数，该给我一根荣誉的拐棍儿，而非一根统治世界的权杖。最终握此权杖者，诸位大人，应为公正之人。

马库斯　泰特斯，只要你要求，就能得到帝国君权。

萨特尼纳斯　骄狂、有野心的护民官，你敢放出这话？

泰特斯　镇静，萨特尼纳斯皇子——

萨特尼纳斯　罗马人，给我公正。——贵族们，拔出剑，在萨特尼纳斯没做罗马皇帝之前，不要收剑入鞘。——安德洛尼克斯，愿鞭子把你抽入地狱，休想从我手里掠夺民心！

路西乌斯　傲慢的萨特尼纳斯，你打断了高尚的泰特斯对你的好意！

泰特斯　满足你，皇子，我愿让你恢复民心，使他们放弃初衷。

巴西阿努斯　安德洛尼克斯，我不讨好你，但我尊敬你，愿到死方休。倘若你愿亲率朋友们加强

① 原文为“knighted in field, slain manfully in arms / In right and service of their noble country”。朱生豪译为：“为了他们高贵的祖国而慷慨捐躯的英勇的儿子。”梁实秋译为：“他们都是因战功而晋封骑士，在战场上英勇被害，为了高贵的祖国而殉职捐躯的。”

我这派,我将感谢至极。荣誉的报偿,就是对高尚之人的感谢。

泰特斯　罗马的民众,在这里的护民官们,我向你们恳请投票选举权。你们可愿将选举权友好地授予安德洛尼克斯?

护民官　为满足高贵的安德洛尼克斯,并欢迎他平安重返罗马,民众愿接受他认可的人选。

泰特斯　诸位护民官,感谢你们,我正式请求,指定先皇长子萨特尼纳斯殿下继位,我希望他的美德照耀罗马,如提坦[1]的光线普照大地,使国之公正得以成熟。假如你们愿凭我的提议选举,那给他加冕,高呼“我皇万岁!”

马库斯　贵族与平民,不论哪一类,都凭投票和掌声,选定萨特尼纳斯殿下为罗马大皇帝,高呼“我皇萨特尼纳[2]万岁!”(喇叭长奏花腔,至众人下。)

萨特尼纳斯　泰特斯·安德洛尼克斯,为你今日选举对我的恩惠,先致谢意作为你应得之报偿,来日再以行动报答这一善举。作为开始,

---

① 提坦(Titan):古希腊神话中的太阳神。

② 我皇萨特尼纳(our Emperor Saturnine.):泰特斯把萨特尼纳斯敬称为“萨特尼纳”(Saturnine)。“萨特尼纳”有令人望而生畏之意。

泰特斯，为提升你的名望、荣耀你的家族，我要娶拉维妮娅做我的皇后，做罗马的皇家女主人，我心灵的女主人，我要在神圣的万神殿里与她成婚。告诉我，安德洛尼克斯，这个提议你可满意？

泰特斯　满意，高贵的陛下，我把这桩婚事，视为陛下恩赐的莫大荣耀。此刻，在罗马的目光下，——我向萨特尼纳，我国的国王和统帅、广大世界的皇帝，——献上我的剑、我的战车、我的战俘，这些礼物，罗马的帝国领主理所应得[①]。那接受它们，我所拥有的贡品，我荣誉的象征，恭奉在你的脚下。

萨特尼纳斯　多谢，高贵的泰特斯，我生命之父！我多么为你和你的礼物骄傲，罗马将记载，无论何时我忘却你一丝一毫难以言表的功劳，罗马人就忘掉向我效忠。

泰特斯　(向塔摩拉。)现在，夫人，您是一位皇帝的俘虏，鉴于您的名誉、地位，他将好生待您[②]和您的部下。

萨特尼纳斯　(旁白。)一位漂亮贵妇！相信我，若能重

---

① 原文为“presents well worthy Rome’s imperial lord”。朱生豪译为：“这些适合于诚奉罗马皇座的礼物。”梁实秋译为：“这些礼物是值得让罗马大皇帝来接受的。”

② 好生待您(use you nobly)：或含性意味，暗指：他会同您发生性爱。

选，我准选这种外貌。（向塔摩拉。）美丽的女王，清理那阴沉的愁容。尽管战争的命运造成这面容变色，但在罗马，断不会叫你受轻蔑。各方将以高贵礼遇相待。相信我的话，莫让忧伤使一切希望胆怯。夫人，安慰您之人，能使您比哥特人的女王更伟大。（向拉维妮娅。）拉维妮娅，对此您不会不高兴吧？

拉维妮娅　不会的，陛下，因为真正的高贵以国王之礼遇替这些话作保。

萨特尼纳斯　多谢，亲爱的拉维妮娅。——罗马人，我们走吧。战俘一律释放，赎金全免。诸位大人，用号角声和鼓声宣告我们的荣耀。（喇叭奏花腔。萨特尼纳斯以哑剧形式向塔摩拉求爱。）

巴西阿努斯　泰特斯大人，您别见怪，这女人是我的。（抓住拉维妮娅。）

泰特斯　怎么，殿下！您这话当真，我的大人？

巴西阿努斯　对，高贵的泰特斯，决心已下，要以我自己这正当行为，得到这权利。

马库斯　“各得其所”[①]是我们罗马人的公理，这位皇子只是公正地抓住原属自己之物。

---

① “各得其所”（“Suum cuique”）：原为拉丁文，即英文“to each his own”。

路西乌斯　　只要路西乌斯活着，他就能得手。

泰特斯　　这伙叛徒，滚开！——皇帝的卫兵在哪儿？——有人谋反，陛下，——拉维妮娅突然遇袭[①]！

萨特尼纳斯　　突然遇袭？是谁？

巴西阿努斯　　那位能把她公正地带离整个世界的未婚夫。（马库斯与巴西阿努斯偕拉维妮娅下。）

穆蒂乌斯　　弟兄们，帮忙把她送走，我用剑守好这扇门。（路西乌斯、昆图斯与马蒂乌斯下。）

泰特斯　　跟上，陛下，我很快把她带回来。（萨特尼纳斯与哥特人下。）

穆蒂乌斯　　父亲大人，您不能从这儿过。

泰特斯　　怎么，恶棍孽子！敢在罗马挡我的路？（剑刺穆蒂乌斯。）

穆蒂乌斯　　救命，路西乌斯，救命！（死。）

（路西乌斯重上。）

路西乌斯　　父亲大人，您不公平，还不止于此，竟因错误的争吵，杀死亲生儿子。

泰特斯　　你和他，谁都不是我儿子。我儿子永不会这般羞辱我。叛徒，把拉维妮娅交还皇帝。

---

① 原文为“Lavinia is surprised”。意即被人劫走了。

路西乌斯　如您愿意,她宁可死,但不会嫁他为妻,因为她同别人定下合法的应许之爱。(下。)

萨特尼纳斯　不,泰特斯,不。皇帝不需要她,不论她,还是你,你家族中的任何一人,都不需要。谁一旦嘲笑过我,我很难再信任他,不论对你,还是对你叛逆、傲慢的儿子,我永不再信任,你们都是共谋者,竟如此羞辱我。在罗马,除了萨特尼纳斯,有谁给人当笑柄?全清楚了,安德洛尼克斯,竟说我从你手里讨得皇位,这倒同你这些骄傲自夸的行为相符。

泰特斯　啊,荒谬!这种责骂的话从何而来?

萨特尼纳斯　你走吧。去把那个善变的女人,给那个为他舞剑的家伙。你将享有一个英勇的女婿,刚巧能同你的儿子们斗嘴,在罗马之国打斗。

泰特斯　这些字眼儿犹如剃刀,割向我受伤的心。

萨特尼纳斯　因此,迷人的塔摩拉,哥特人的女王,——你像仙女群中优雅的菲芘[①],比罗马最好看的女人更闪耀,——你若满意我这一莽

---

① 菲芘(Phoebe):古希腊神话中的阿尔忒弥斯(Artemis),或古罗马神话中的狄安娜(Diana),月亮、贞洁和狩猎女神。

撞的选择，瞧，我选你，塔摩拉，做我的新娘，将你立为罗马的皇后。说吧，哥特人的女王，可赞同我的选择？在此，我以罗马众神起誓，——祭司和圣水近在眼前，蜡烛燃得如此明亮，一切为海门奈厄斯[①]降临做好准备，——我要引领婚娶后的新娘，从此地出发，向罗马的街道回礼，或拾阶而上，进入我的宫殿。

塔摩拉　此刻，在上天眼皮底下，我向罗马发誓，倘若萨特尼纳斯提升哥特人的女王，她愿做他心之所愿的一个侍女，一个满怀爱心的乳娘、一个呵护他青春的母亲。

萨特尼纳斯　上来，美丽的女王，去万神殿。——贵族们，陪伴你们高贵的皇帝和诸天送给萨特尼纳斯君王的可爱新娘，她的智慧征服了命运。我们要在那里完成结婚仪式。

（除泰特斯外，均下。）

泰特斯　没邀我去侍候这位新娘。——泰特斯，你何曾习惯于独行，何曾如此受辱，枉遭非难？

---

① 海门奈厄斯（Hymenaeus）：古希腊神话中的婚姻之神，亦简称“海门”（Hymen）。

［马库斯与泰特斯的三个儿子(路西乌斯、昆图斯和马蒂乌斯)上。］

马库斯　啊,泰特斯,看哪！啊,看你做下的事！一次糟糕的争吵,杀死一个品性好的儿子！

泰特斯　不,愚蠢的护民官,不,不是我儿子,——还有你,还有这几个,你们共谋,干下羞辱我整个家族的行为。卑劣的兄弟,卑劣的儿子！

路西乌斯　但让我们把他埋葬,算得体吧。把穆蒂乌斯与兄弟们合葬。

泰特斯　叛徒们,滚！不能把他埋这坟墓里。——这块儿墓碑挺立五百年,我已重建辉煌。在此载誉安眠之人,无一不是士兵和罗马的武装守卫者。——无一人卑贱地在斗嘴中被杀。——随你们把他埋在哪儿,这里不能埋。

马库斯　阁下,您此举有失虔敬。我侄子穆蒂乌斯的行为足以为自己申辩,他必须与兄弟们合葬。

昆图斯、马蒂乌斯　非此不可,否则,我们愿陪他同死。

泰特斯　“非此不可”？哪个恶棍敢说这话！

昆图斯　除了这里,在任何地方,他都会证

明这句话。[①]

泰特斯 怎么,你们不理睬我,非要埋?

马库斯 不,高贵的泰特斯,只恳求你宽恕穆蒂乌斯,埋葬他。

泰特斯 马库斯,你也敲击我的头盔[②],伙同这几个孩子,损害我的荣誉。

我把你们每一个视为仇敌;

所以别再烦我,都给我滚。

马蒂乌斯 他有点儿失常,咱们走人。

昆图斯 我不走,先埋葬穆蒂乌斯的骸骨。

(马库斯、马蒂乌斯、昆图斯,三人跪地。)

马库斯 哥哥,我以血缘亲情的名义恳求,——

昆图斯 父亲,我以血缘亲情的名义开口,——

泰特斯 别再多一句嘴,哪怕说完真管用。[③]

马库斯 显耀的泰特斯,我多一半的灵魂,——

---

① 意思是:若不在这神圣之地,他会动手证明自己所说的话。原文为“He that would vouch it in any place but here”。朱生豪译为:“倘不是因为当着您的面前,说这句话的人一定要用行动力争它的实现。”梁实秋译为:“若是在别的地方,他不但敢这么说,而且还敢以武力为后盾呢。”

② 原文为“even thou hast struck upon the crest”。此处以“敲击头盔”代指羞辱人的做法。

③ 原文为“Speak thou no more, if all the rest will speed”。或有另一层意涵:“别再多嘴,如果你们剩下的不想像穆蒂乌斯那样被杀。”朱生豪译为:“不要说下去了。”梁实秋译为:“不要再说下去了,说下去也是没有用。”

路西乌斯	亲爱的父亲，我们所有人的灵魂、主体，——
马库斯	允许你弟弟马库斯，把他高贵的侄子葬在这美德的巢穴，为拉维妮娅之故，他在荣耀中死去。你是罗马人，——别那么野蛮。 埃阿斯[1]自杀身亡，明智的雷奥提斯之子[2]，为其葬礼仁慈恳请，希腊人审议之后将他埋葬。那让年轻的穆蒂乌斯，你的宝贵儿子，获准埋入此处。
泰特斯	起来，马库斯，起来。——这是我平生所见最不祥的一天，在罗马遭亲儿子们羞辱！——好吧，先埋葬他，再埋葬我。（将穆蒂乌斯放入墓穴。）
路西乌斯	亲爱的穆蒂乌斯，你的骸骨，与朋友们一起，睡在这里，等我们用战利品装饰你的坟墓。
马库斯、三兄弟	（跪地。）无人为高贵的穆蒂乌斯流泪。他为美德而死，活在荣誉里。（众人起身；

① 埃阿斯（Ajax）：特洛伊战争中的希腊英雄，因作为奖赏的阿喀琉斯（Achilles）的盔甲被授给了奥德修斯（Odysseus），盛怒之下，把羊群当敌方的希腊将军砍杀，最后含羞自尽。但奥德修斯劝说希腊人，为他举行正式葬礼。

② 雷奥提斯之子（Laertes' son）：即古希腊神话中的奥德修斯。“雷奥提斯”旧译“拉厄耳忒斯”。

除泰特斯、马库斯，均下。)

马库斯　兄长大人，——从这骤然的忧郁中走出来，——那奸猾的哥特人的女王，怎么倏忽间在罗马如此高升？

泰特斯　我不清楚，马库斯，只知木已成舟——其中是否有阴谋——诸天说了算。那她不该，对给她带来眼前这最大恩惠之人，表示感谢吗？

马库斯　对，慷慨酬谢[①]。

[喇叭奏花腔。萨特尼纳斯皇帝、塔摩拉及其两个儿子，与摩尔人（亚伦）自一门上；巴西阿努斯、拉维妮娅及其他人（路西乌斯、马蒂乌斯、昆图斯等），自另一门上。]

萨特尼纳斯　好，巴西阿努斯，您赢了这场较量[②]。有了漂亮的新娘，阁下，愿上帝给您快乐！

巴西阿努斯　陛下，您也有了新娘！别的不多说了，愿您的快乐一点儿不少。那好，告辞。

萨特尼纳斯　叛徒，倘若罗马有法律，我权力尚在，你和你那一派，将为这次劫抢[③]而后悔。

巴西阿努斯　陛下，夺取原属于我的人，真正的未婚已

---

① 此为反讽口吻，意即她会用身体答谢。
② 原文为"you have played your prize"。此为剑术用语，指在击剑比赛中获胜。
③ 指抢走拉维妮娅。

爱,现在成了我妻子,您称之“劫抢”? 让罗马的法律裁定一切。眼下我已占有原属于我的人。

萨特尼纳斯 很好,阁下,您对我傲慢无礼。但只要我活着,日后照样对您唐突失礼。

巴西阿努斯 陛下,我做过的事,会竭尽所能,必担其责,哪怕搭上性命。唯有一点我得让陛下您知晓,——以我对罗马应尽的全部责任起誓,这位高贵的绅士,泰特斯大人,在名誉和荣誉上受了冤屈。出于对您的热心,出于对您的慷慨相助受阻,震怒之下,为拯救拉维妮娅,他亲手杀了自己的小儿子。那接受他的善意,萨特尼纳,他以其一切行为表明自己,对你和罗马,都堪称一个父亲[①]和一个朋友。

泰特斯 巴西阿努斯皇子,停止为我的行为申辩。是你和那伙人使我蒙羞。愿罗马和公正的诸天做我的审判官[②],(跪下。)我多么敬爱、并以萨特尼纳为荣耀!

塔摩拉 (向萨特尼纳斯。)我可敬的陛下,倘若塔摩拉

---

① 父亲(father):即岳父。

② 参见《旧约·诗篇》9:8:“他以公义统治世界,/ 他以公平审判万民。”

在你那些高贵的眼睛里[1]还算仁慈，那听我公平地为大家说话，我请求，亲爱的，宽恕过往之事。

萨特尼纳斯 怎么，夫人，公开受辱，卑贱认怂，不加报复？

塔摩拉 别说这话，陛下。愿罗马众神不许我成为您蒙羞的起因！但我敢以名誉担保，因为高贵的泰特斯大人全然无辜，他的愤怒不会伪装述说悲痛。那在我的恳请下，善待他。不要凭空洞的猜想，失去一位如此高贵的朋友，也不要以阴郁的神情，折磨他的良善之心。——（向萨特尼纳斯旁白。）陛下，由我做主，终可获胜，把你所有怨恨和不满伪装起来。刚把您安在君王宝座里，唯恐民众，还有贵族们，经一番公正观察，站在泰特斯一边，反因您忘恩负义取代您，——这在罗马被视为一桩不赦之罪，——听从恳求，此事交我来办。我要找那么一天，杀光他们，除掉泰特斯那一派及其家族。为救儿子一命，我曾向这位残忍的父亲和他的逆子们求情。要让他

① 原文为“in those princely eyes of thine”。此处可有三种释义：1. 在你那泰特斯的儿子们和兄弟眼里；2. 在你那双高贵的眼睛里；3. 在我（塔摩拉）的儿子们眼里。

们知道,让一个女王跪在街头,徒然地乞求恩典,究竟是什么滋味? ——(高声。)来,来,亲爱的皇帝,——来,安德洛尼克斯,——搀起这位仁慈的老人,安慰在你满面怒容的暴风雨里濒死的这颗心。

萨特尼纳斯　起来,泰特斯,起来。我的皇后占了上风。

泰特斯　我感谢陛下,也感谢她。这种言语、这种神情,在我体内注入新的生命。

塔摩拉　泰特斯,我已融入罗马,现在被幸运地收养为一个罗马人,必须为皇帝的成功提建议。安德洛尼克斯,今天的一切争执消亡。——仁慈的陛下,让您与朋友们和解,也算我的荣耀。——至于您,巴西阿努斯皇子,我已给皇帝传话并承诺,您会更随和、驯良。——各位大人,都不必害怕。——还有您,拉维妮娅,听我劝告,都谦恭地跪下,恳请陛下宽恕。(马库斯、拉维妮娅及泰特斯的三个儿子跪下。)

路西乌斯　遵命。我们向上天和陛下发誓,我们刚才所为,是我们所能做的善意之举,出于珍视妹妹和我们自身的荣誉。

马库斯　那,以荣誉起誓,我敢声明。[①](跪下。)

---

① 马库斯言下之意是:我发誓,我的行为同样基于荣誉的冲动。

萨特尼纳斯 （转过身子。）去吧，打住！别再烦我。

塔摩拉 不，不，亲爱的皇帝，我们都必须结成朋友。这位护民官和他的侄子们跪求恩典，您不能拒绝我。甜心，回过身来。

萨特尼纳斯 马库斯，看在你的情分上，还有你哥哥的情面，加上我可爱的塔摩拉恳求，我免除这几个年轻人不赦的罪过。都起来。（众跪者起身。）——拉维妮娅，虽说您把我像乡巴佬一样离弃，我却找见一位恋人。我切切实实地发誓，决不以单身之名离开这位祭司。来，倘若皇帝的宫廷能宴请两位新娘，您和您的朋友们，拉维妮娅，都是我的宾客。——今天将是和解的一天[1]，塔摩拉。

泰特斯 明天，若陛下乐意，与我一起去猎豹、猎鹿，我们将以号角和猎犬给您道"日安"[2]。

萨特尼纳斯 那好吧。泰特斯，多谢。（喇叭奏花腔。众下。）

---

① 和解的一天（love-day）：含双关意，意即今天将是你我欢爱（love-making）的一天。

② "日安"（bonjour, i. e. good day）：原文为法语。

第二幕

摩尔人(亚伦)

第一场

罗马，皇宫前

［摩尔人（亚伦）上。］

亚伦　现在，塔摩拉爬上奥林波斯[1]山巅，安全脱出命运之神的射程，坐在山顶，免遭雷劈或电闪，升到苍白嫉妒威胁之上的高度。好似金色的太阳[2]向黎明致敬，用它的光线给海洋镀金，驾着闪烁的马车在黄道带[3]疾驰，俯瞰隐现云端的山峦之巅，塔摩拉正是这样。世间荣耀侍奉她的才智，她眉头一皱，连美德也躬身颤抖。因此，亚伦，武装你的心灵，让思想与你的皇家恋人一同升空，升到她飞翔的顶点[4]，她早已

---

① 奥林波斯（Olympus）：古希腊神话中的众神之山，希腊人心中的圣山。

② 指古希腊神话中的太阳神阿波罗。

③ 黄道带（zodiac）：指想象中存在于天球上黄道两边各8度的一条带。

④ 此为化用驯鹰术语，同时含性意味，暗指达到性高潮。

是你囚禁在凯旋行列里的战俘[1],锁上爱情的镣铐,被亚伦迷人的双眼“捆住”,比把普罗米修斯捆在高加索山上[2]缚得更紧。去掉奴隶的衣装和空洞的思想!我要配饰珍珠、黄金,闪亮、光耀,去服侍这位新立的皇后。我说,去服侍?——去和这王后[3],这女神,这塞米勒米斯[4],这仙女,这个要诱惑罗马萨特尼纳的塞壬[5],嬉戏放浪,看他的国家之船遇难。——哈罗[6]!这是什么骚动?

(德米特律斯与凯戎争吵上。)

德米特律斯　凯戎,你年轻缺脑子,脑子欠锐利,不懂礼貌,因为你什么都知道,我可能被爱上,还闯入我所爱之地。

凯戎　德米特律斯,你一贯放肆,这回也是,用狠

---

① 此为对征服者凯旋罗马时将战俘关在木笼囚车的化用。

② 在古希腊神话中,普罗米修斯(Prometheus)为人类盗取天火,触怒天神宙斯(Zeus),将其缚于高加索山一处山岩,白天受饿鹰啄食,夜里被啄食的内脏复原长好,如此反复,受尽折磨。

③ 王后(queen):与“妓女”(quean)谐音双关。

④ 塞米勒米斯(Semiramis):古代传说中美貌、暴虐、淫乱的亚述女王。

⑤ 塞壬(siren):古希腊神话中的海妖,以动听的歌声诱惑水手,令其沉船落水而亡。

⑥ 哈罗(Hallo):狩猎术语,用来招呼猎犬。

话压制我。差一两岁,不见得就少我的恩惠,多你的幸运。我跟你一样有本事,能满足恋人[①],有资格赢得芳心。我的剑能向你证明,我用情热乞求拉维妮娅的爱。

亚伦　(旁白。)拿棍棒[②],拿棍棒！这两个情人没法和解。

德米特律斯　哼,臭小子,尽管咱母亲,一时粗心,给你腰边佩了把跳舞用的长剑,您居然如此性急,拿它威胁家人？算了,把这木板条[③]紧贴在鞘里,等您更懂怎么用时再说。

凯戎　可眼下,我要用这点儿能耐,让你好好见识,我多有勇气。

德米特律斯　嘿,臭小子,你变得这么勇敢?(二人拔剑。)

亚伦　(上前。)哎呀,怎么了,二位？离皇宫这么近,居然敢拔剑,如此公开打斗？我深知这一切怨恨的根由,但给我百万黄金,我也不愿向最知内情之人透露。同理,哪怕给更多黄金,你们高贵的母亲也不愿在罗马宫廷里如此受辱。丢人,收剑入鞘。

德米特律斯　不,等我把长剑插入他胸窝,用剑,把他在

---

① 满足(serve):含性意味,暗指在性上满足对方。

② 拿棍棒(clubs):一种招呼伦敦的学徒工参加或阻止斗殴的呼喊。

③ 木板条(lath):指中世纪道德剧里“罪恶”角色使用的一种木剑。

	这儿吐露出来,让我丢丑的这些羞辱之言,硬塞进他喉咙。
凯戎	我已准备好,决心十足,——你这爆粗口的懦夫,最能用舌头打雷,只会耍弄,丝毫不敢动武。
亚伦	听好,快滚!——现在,我以好战的哥特人敬拜的众神起誓,这种零碎的吵闹,能把我们全部毁掉。——哎呀,二位,你们不想想,侵占一位皇子的权利有多危险?怎么!难道,拉维妮娅变得如此放荡,或是,巴西阿努斯变得如此卑劣,为得到她的爱,你们就可以放任自流,不受阻止、审问或报复?二位年轻公子,当心!皇后一旦得知这争吵的主调,她那乐曲一定不好听。①
凯戎	我无所谓,我,要让拉维妮娅和全世界知道,我爱她,胜过整个世界。
德米特律斯	年轻人,你得学会做低一等的选择,拉维妮娅是你哥我中意的人。
亚伦	哎呀,你们疯了?难道不知道,在罗马,罗

① 原文为"And should the empress know / This discord's ground, the music would not please"。朱生豪译为:"皇后要是知道了你们争吵的原因,看她不把你们骂得狗血喷头!"梁实秋译为:"如果皇后知道了你们争吵的原因,你们将有难听的话要听。"

马人多么狂暴、没耐性,容不得在爱情上的竞争对手? 告诉你们,二位公子,用这种方法,你们只能自寻死路。

凯戎　亚伦,只要我能得到心爱的她,我愿死上一千次。

亚伦　得到她! ——怎么得?

德米特律斯　你觉得这很怪吗? 她是个女人,因此可以求爱;她是个女人,因此可以赢得;她是拉维妮娅,因此必定有人爱。怎么,你这家伙! 经磨坊流过的水,比磨坊主知道得更多;我们知道,从一块儿切下的面包偷一薄片不难。虽说巴西阿努斯是皇帝的弟弟,但比他更高贵的人,也戴过伏尔甘的标徽[①]。

亚伦　(旁白。)对,萨特尼纳斯也好不到哪儿去。

德米特律斯　那懂得用言辞、俊美外貌和慷慨馈赠去求爱的人,凭什么要陷入绝望? 怎么,你不是经常刺穿小母鹿[②],在看守人[③]鼻子底

① 伏尔甘的标徽(Vulcan's badge):伏尔甘(Vulcan),古罗马神话中的火神,常被描绘成为战神马尔斯(Mars)打造战甲的铁匠。因伏尔甘之妻维纳斯(Venus)常与战神私通,"伏尔甘的标徽"在暗指丈夫因妻子不贞洁头上长了角,意即当丈夫的被别人戴了绿帽子。

② 刺穿小母鹿(stuck a doe):含性意味,暗指与别的女人或妓女通奸。

③ 看守人(keeper):即鹿苑看守人,暗指家中丈夫。

下，手脚麻利地把她运走吗？

亚伦　　哎呀，那，看来捕到手几回，你们就能满足。

凯戎　　对，先捕到手再说。

德米特律斯　　亚伦，你射中了猎物[1]。

亚伦　　但愿你们也能射中！那我们不必在这上面瞎折腾。嘿，你们听我说，听我说！——为这个吵闹，你们是大笨瓜呀？两人都能得手，有什么害处吗？

凯戎　　说实话，不关我事。

德米特律斯　　只要有我一份，也不关我事。

亚伦　　丢脸，以友相待，合力去获取你们所争执之物。若想得到，必须使谋略、用计策，所以一定要下决心，若不能以喜欢的方式做这件事，也务必尽所能去完成，甭管什么招数。记下我这话，——鲁克丽丝[2]远比不上这位拉维妮娅，巴西阿努斯心爱之人贞洁。我们必须进行一场更急速的追猎，

---

① 原文为“thou hast hit it”。意即你这话说到点子上了。此处含性意味。

② 鲁克丽丝（Lucrece）：被视为古罗马美丽而贞洁女性的典范，公元前5世纪，罗马王国第七任国王路西乌斯·塔克文·苏佩布（Lucius Tarquinius Superbus，公元前534—前510在位）之子、荒淫的赛克图斯·塔克文将其强奸，鲁克丽丝不堪受辱，自杀身亡。

而非拖延喘息[1],况且,我发现一条小径[2]。二位公子,一场盛大狩猎近在眼前,可爱的罗马姑娘们将结队相随。林中地区广阔、宽敞,那儿有多片荒僻之地[3],天性适合施暴作恶。狩猎时挑出这只美味的小母鹿,然后去那里,如果好话没用,就凭武力击中目标[4]。在希望中挺立[5],只有这个办法,没其他招数。来,来,我们的皇后,正用她神圣的才智,献给邪恶和复仇,要把我们的一切意图告诉她;她定有"磨快"我们计谋的手段,她容不得你们自相争吵,却会把二位意愿的高度提升。皇帝宫廷像座"声誉之宫"[6],宫中满是舌头、眼睛和耳朵。森林则冷酷、可怖、又聋又哑。

---

① 喘息(languishment):狩猎术语,指被猎人射中的鹿衰弱无力喘息,在此转指在爱的悲伤里苟延残喘。这段台词多用狩猎用语。

② 原文为"A speedier course than ling'ring languishment / must we pursue, and I have found the path"。朱生豪译为:"与其在无望的相思中熬受着长期的痛苦,不如采取一种干脆爽快的行动。我已经想到一个办法了。"梁实秋译为:"我们必须采取迅速的手段,不可在苦恋之中迁延时日,我已经找出了一条途径。"

③ 荒僻之地(unfrequented plots):"地"(plots)暗含"计谋"(schemes)之意。

④ 凭武力击中目标(strike her home by force):含性意味。

⑤ 在希望中挺立(stand in hope):"挺立"或暗指"勃起"之意。

⑥ "声誉之宫"(house of Fame):此处借奥维德《变形记》(*Metamorphoses*)、维吉尔《埃涅阿斯纪》(*Aeneid*)和乔叟教诲长诗《声誉之宫》(*House of Fame*)中的诗句,暗指皇宫私语密布、谣言丛生。

在那里动口、动手，勇敢的孩子们，你们轮着来；在上天之眼[①]的遮阴处，满足性欲，在拉维妮娅的宝藏[②]中狂欢。

凯戎　　你这主意，小伙子，听不出一丝胆怯。

德米特律斯　　“甭管对错”[③]，我要先找一处溪流，冷却这热火，找一个符咒，平息这寒热病，“哪怕穿过冥河地带，穿过黑暗王国”[④]。（众下。）

① 上天之眼（heaven's eye）：指太阳。

② 宝藏（treasury）：俚语中指女阴。

③ “甭管对错”：原文为拉丁文“sit fas aut nefas”。

④ 原文为拉丁文“Per Stygia, per manes vehor”，“身陷地狱”之意，源自古罗马悲剧家塞内加（Seneca，公元前4—65）《希波吕托斯》（*Hippolytus*）第1180行。

第二场

临近罗马的一处森林

［猎犬及号角声。泰特斯·安德洛尼克斯与三个儿子(路西乌斯、昆图斯、马蒂乌斯)及马库斯上。］

泰特斯　　狩猎准备就绪,黎明透出灰色亮光,田野芳香,森林翠绿。此时撒开猎狗,让它们用一阵吠叫,唤起皇帝和他可爱的新娘,叫醒皇子,吹起猎人的响亮号角,让号角声在整个宫廷回响。儿子们,精心陪侍皇帝,让它成为你们的责任,那也是我们的责任。昨夜整宿没睡安稳,但新一天黎明又激起了我的欢乐。

(吹响号角。猎犬吠叫。萨特尼纳斯、塔摩拉、巴西阿努斯、拉维妮娅、德米特律斯、凯戎及侍从等上。)

泰特斯　　陛下,多多早安!——夫人,您也早安多多!——我答应过陛下,吹一阵猎人的号角声向您问候。

萨特尼纳斯　您吹得用心卖力，但对于新婚贵妇，未免太早。

巴西阿努斯　拉维妮娅，您说呢？

拉维妮娅　我说，不，两个多钟头前，我就完全醒了。

萨特尼纳斯　那走吧，让我们骑马，乘车，去打猎。——（向塔摩拉。）夫人，现在让你观赏我们罗马人打猎。

马库斯　我那群猎犬，陛下，能惊起猎场最骄狂的黑豹，能爬上最高的山脊。

泰特斯　我那几匹马，能随处追逐脱逃的猎物，像燕子掠过原野一样飞奔。

德米特律斯　（旁白。）

凯戎，我们追猎，骏马、猎犬都不用，
只愿把一只美味的小母鹿，推倒在地。（众下。）

第三场

森林中一僻静处

［摩尔人（亚伦）手拿一袋黄金，上。］

亚伦　　有脑之人会觉得我没脑子，在一棵树下埋那么多金子，日后永不能享用。让那些有如此鄙视想法的人知道，这金子必能铸成一条计策，巧做打算，即可生出一宗非常精妙的罪恶。

那，安歇吧，甜美的金子，让那些
从皇后宝匣里讨施舍的人动荡不安。（藏起金子。）

（塔摩拉上，走向亚伦。）

塔摩拉　　我亲爱的亚伦，当一切展露欢颜，你为何愁容满面？百鸟在每一丛灌木鸣啭吟唱，蛇盘身在阳光下静卧，绿叶随凉风颤抖，在地上织出一片斑驳暗影。在这片甜美树荫下，亚伦，让我们坐下，当喋喋不休的回声模仿猎犬的吠叫，

塔摩拉和亚伦

对和谐的号角尖声应答，仿佛有两场狩猎立刻入耳，让我们坐下来，听猎犬吠叫的曲调。——就像漂泊中的王子与狄多[①]，当他们突遭一场意外的暴风雨，藏进一处隐秘洞穴，曾享受性爱那样，——我们也可以，在彼此的臂弯里相互缠绕，欢愉之后，享有一场金色睡眠[②]，此时，犬吠声、号角声和甜美悦耳的鸟鸣，对于我们，宛如一首保姆唱给婴儿安睡的摇篮曲。

亚伦 夫人，尽管维纳斯[③]主宰您的情欲，土星却是我性情的支配者。我僵死的眼神、我的沉默、我阴沉的忧郁，我羊毛似的卷发，现在甚至像蝰蛇似的竖起来，要执行致命的死刑，这些透露出什么？不，夫人，这些不是情欲的标志，诅咒在我心里，死亡在我手里，流血和复仇正在我脑子里反复敲打。听，塔摩拉，——我灵魂之皇后，与在你体内相比，我的灵魂从不指望在天堂里安息，今天是巴西阿努斯的最后审判日。

---

① 王子与狄多：特洛伊王子埃涅阿斯（Aeneas）在特洛伊陷落后，漂泊海上，后与迦太基女王狄多（Dido）相爱，一次出外打猎，遇暴风雨，两人躲进洞穴享受男欢女爱。事见维吉尔《埃涅阿斯纪》。

② 原文为“we may, each wreathed in the other’ arms, / Our pastimes done, possess a golden slumber”。朱生豪译为：“我们也可以彼此拥抱在个人的怀里，在我们的游戏完毕以后，一同进入甜蜜的梦乡。”梁实秋译为：“我们两个也可以拥抱起来，快乐一番之后，酣睡一场。”

③ 维纳斯（Venus）：古罗马神话中的爱神，亦指“金星”（Venus）。

他的菲洛米拉[①]今天必须失掉舌头,你的两个儿子要劫去她的贞洁,在巴西阿努斯的血泊里洗手。看到这信了?拿去,我请你,把这内含杀人毒计的纸卷[②]给国王。——此刻别再多问,——有人在窥探。我们指望的部分战利品走了过来,他们面无惧色,还不知生命之毁灭。(巴西阿努斯与拉维妮娅上,站在远处。)

塔摩拉　　啊!我亲爱的摩尔人,对于我,你比生命更甜美!

亚伦　　别说了,伟大的皇后,——巴西阿努斯来了。甭管说什么,向他发火,我去把你的两个儿子找来,帮你吵闹。(下。)

巴西阿努斯　　谁在这儿?罗马的高贵皇后,身边没配卫队?莫非狄安娜[③]女神,装扮成她,抛下自己神圣的树丛,到这林间观赏全体打猎?

塔摩拉　　粗鲁,竟对我隐秘的脚步挑刺儿!倘若我拥有据称狄安娜所拥有的力量,立刻在你

---

① 菲洛米拉(Philomel):亦拼作“Plilomela”。古希腊神话中,色雷斯国王忒柔斯(Tereus)强奸菲洛米拉后,为防她说出实情,割去其舌头。菲洛米拉将真相织在一件披肩上,后与姐姐联手,将忒柔斯的独子杀死,完成复仇。在奥维德的《变形记》中,菲洛米拉受辱后,化为一只夜莺(philomel)。

② 纸卷(scroll):即这封写好卷起来的信。

③ 狄安娜(Diana):古罗马神话中的狩猎和贞洁女神。

的太阳穴栽上两只犄角，像阿克泰翁[①]那样，叫一群猎狗冲向你新变形的四肢[②]，你这无礼的闯入者！

拉维妮娅　请恕我冒昧，高贵的皇后，据说您有一种让丈夫头上长角的极好天赋，这叫人疑心，您和您的摩尔人单独相聚，只为相互做实验[③]。愿今日，周甫[④]保护您丈夫别被自己的猎犬追逐！——若猎犬把他当成一头雄鹿，那多可怜。

巴西阿努斯　相信我，皇后，您那黝黑的西米里安人[⑤]，把您的名誉变成他躯体的颜色，污渍斑斑，讨人嫌、招人恨。倘若没有邪恶的淫欲引导，您为何离开所有随从，从您雪白的骏马翻身而下，由一个野蛮的摩尔人相陪，游荡到这隐秘之所？

---

① 阿克泰翁(Actaeon)：今译作"亚克托安"，古希腊神话中，因偶然看见阿尔忒弥斯(即罗马神话中的狄安娜)裸身沐浴，被变成一只雄鹿，被自己养的五十只猎犬撕咬而死。阿克泰翁为希腊神话中的人物，狄安娜为罗马神话中的月亮与橡树女神。事见奥维德《变形记》。

② 意即你这粗鲁的闯入者，我要叫你像看见狄安娜沐浴的那个阿克泰翁一样，被自己的猎狗咬死。

③ 做实验(try experiments)：指性爱之探索。

④ 周甫(Jove)：即古罗马神话中的众神之王朱庇特(Jupiter)。

⑤ 西米里安人(Cimmerian)：古希腊神话中，指西米里安人住在永恒的黑暗之中；另指公元前7世纪横行于小亚细亚的游牧西米族人，均代指皮肤黝黑。

拉维妮娅　　你们的欢娱被打断，难怪要申斥我高贵的丈夫粗鲁。——（向巴西阿努斯。）我请您，咱们走开，让她享受乌鸦般黢黑的恋人。这山谷正适合幽会，再好不过。

巴西阿努斯　　这件事，我要让皇兄知晓。

拉维妮娅　　对，他因这些丑事，恶名传了好久[1]。仁慈的君王，竟遭这般狠命侮辱！

塔摩拉　　凭什么，我要耐着性子忍受这一切？

（德米特律斯与凯戎上。）

德米特律斯　　怎么，亲爱的皇后，我们仁慈的母亲，为何脸色如此苍白、暗淡？

塔摩拉　　你们认为，我脸色苍白没有来由？这两人把我诱惑到这地方。——你们看，这是座光秃秃、该诅咒的山谷。即便夏季，树木也瘦弱、贫瘠，蔓生苔藓和有毒的槲寄生。这儿永照不进阳光，这儿除了夜间的猫头鹰或不祥的乌鸦，寸草不生。当他们给我看这处可憎的深坑，告诉我，在这儿，死寂的深夜，上千个魔鬼，上千条发出嘶嘶声的蛇，上万只鼓胀的蟾蜍，同样多的刺

---

① 恶名传了好久（noted long）：显然是拉维妮娅极度夸张，因萨特尼纳斯与塔摩拉刚度过新婚之夜。

猬[1],会齐声发出可怕、混杂的叫喊,随便哪个凡胎肉身听到,要么马上发疯,要么即刻死掉。刚讲完这魔鬼般的怪事,又立刻对我说,他们要把我捆在这儿,捆在一棵不祥的紫杉树干上,任凭我惨死在这儿。完后,他们叫我肮脏的奸妇、淫荡的"哥特"[2],以及一切凡耳朵所能听闻的这类标记。若非你们以惊人的运气赶来,他们要执行的报复已落在我身上。你们若忠爱母亲的生命,为之复仇!否则,从今往后,就不算我的孩子。

德米特律斯　我是你儿子,这是见证。(剑刺巴西阿努斯。)

凯戎　这为我作证,击中要害显示我力量。(又剑刺巴西阿努斯。)

拉维妮娅　啊,来吧,塞米勒米斯!——不,野蛮的塔摩拉,因为只有这个名字,最适合你自己的天性。

塔摩拉　(向德米特律斯。)把短剑给我,——你们要知道,儿子们,你们的母亲要亲手矫正冤屈。

德米特律斯　等一下,母亲,有更多死法都归她。先打

① 刺猬(urchins):亦可解作"小妖精"。
② "哥特"(Goth):或与"山羊"(goat)谐音双关,山羊常代指好色淫荡。

出谷粒,完后烧稻草。[1]这小贱人自夸贞洁,严守婚礼誓言,严守忠诚,凭那粉饰的期望,敢挑战您的威仪。能让她把这期望带入坟墓?

凯戎　若让她做到,我岂不成了阉人。将她丈夫拖进哪个隐秘的洞穴,把他的尸体变成咱们淫乐的肉垫枕头。

塔摩拉　一旦采完你们渴望的蜂蜜[2],别让这黄蜂活多久,省得蜇我们。

凯戎　我保证,母亲,我们会弄妥当。——来吧,小媳妇儿,现在,我们要强力享受你那精密保存的贞洁。

拉维妮娅　啊,塔摩拉!你白长了一张女人脸,——

塔摩拉　我不想听她瞎扯,弄走她!

拉维妮娅　仁慈的二位公子,恳求她,哪怕听我说一句话。

德米特律斯　(向塔摩拉。)听我说,母亲,见她流泪,让那泪水成为您的荣耀,但叫您的心对那眼泪,像无情的燧石面对雨滴。

拉维妮娅　何曾见虎崽子训教母老虎?啊!用不着

---

① 此句含性意味,暗指先奸后杀。

② 蜂蜜(honey):暗指甜蜜的性事。

教她发怒,——她早教会你怎么发怒。你从她身上吸吮的奶水已变成大理石,甚至嘬奶的时候,你就嘬入了暴力。好在每个母亲生养的儿子,不全一样。——(向凯戎。)你去求她,表露女人的悲悯。

凯戎　怎么,要我证明自己是个野种?

拉维妮娅　错不了!——乌鸦孵不出云雀。不过听人说,——啊!但愿现在亲眼见证。——狮子若动了悲悯之心,能容忍把它的爪子都剪掉。有人说,乌鸦收养遗弃的雏鸟,却把亲生幼崽饿死在窝巢。啊!尽管你的硬心肠对我说不,但哪怕拿不出那种仁慈[①],也至少显露一丝怜悯!

塔摩拉　我不懂话里是什么意思。——弄她走!

拉维妮娅　啊,让我教你!我父亲在能杀你之时,饶了你一命,看在他的情分上,你别这么心硬,把聋子耳朵敞开。

塔摩拉　哪怕你本人从未冒犯我,单就因为他,也没怜悯可言。——记住,儿子们,我徒劳地倾倒泪水,为救你们的哥哥免遭献祭,但凶残的安德洛尼克斯不肯软化。因此,

① 意为即便不能像刚才所说的乌鸦对遗弃幼鸟那样的仁慈。

弄她走,你们可随意享用,对她越糟,越讨我喜欢。

拉维妮娅　啊,塔摩拉,让人叫你温柔的皇后,(拉拽塔摩拉。)亲手将我杀死在这里!因为,我不是在以命乞求这么久,巴西阿努斯死的那一刻,可怜的我已被杀死。

塔摩拉　那你求什么?蠢女人,放手!

拉维妮娅　但求速死,并另有一求,女人的贞德却不许我的舌头倾吐。啊!让我免遭他们比杀人更坏的淫欲,把我弄进一个令人厌恶的深坑,在那里,男人的眼睛永瞧不见我的身体。这样做,做个仁慈的凶手。

塔摩拉　那样做,岂不抢走了我两个可爱儿子的报酬。不,让他们在你身上满足欲望。

德米特律斯　(向拉维妮娅。)走!你在这儿耽搁我们那么久。

拉维妮娅　没有仁慈?没有贞德?啊,野兽般的造物,我们女性名誉的耻辱和敌人!愿毁灭降临——

凯戎　不,我得堵上您的嘴。(抓她。)——(向德米特律斯。)把她丈夫弄过来,亚伦叫我们把他藏在这坑里。(德米特律斯将巴西阿努斯的尸体投入深坑,后与凯戎拖拉维妮娅下。)

塔摩拉　　再见，儿子们，务必把她弄妥当。在“安德罗尼奇”[1]被杀光之前，让我的心永远不懂真快乐、真欢欣。现在要去找我可爱的摩尔人，让我两个冲动的儿子糟践这婊子。（下。）

（亚伦与昆图斯和马蒂乌斯上。）

亚伦　　来，二位公子，加快脚步。我立刻带你们去那令人反感的深坑，我窥见里面有只熟睡的黑豹。

昆图斯　　我眼神很模糊，不知什么兆头。

马蒂乌斯　　向你保证，我也是。若不是怕丢脸，我真想中断打猎，去睡一觉。（跌进坑里。）

昆图斯　　怎么，掉下去了？——这坑多么诡异，坑口覆盖野生荆棘，叶面满是新落的血滴，鲜亮得宛如花上滴落的晨露？依我看，这地方简直要人命。——兄弟，说话，跌伤没有？

马蒂乌斯　　啊，哥哥，我被眼所未见最凄惨的景象所伤，令我心悲痛！

亚伦　　（旁白。）现在我去把皇帝找来，皇帝发现了

---

① “安德罗尼奇”（Andronici）：拉丁文中“安德洛尼克斯”（Andronicus）之复数形式，即“安德洛尼克斯全家人”。

他们俩在这儿，八成能猜测到，准是这两人杀了他弟弟。(下。)

马蒂乌斯　你为何不宽慰我，帮我逃出这邪恶、染满血污的深坑?

昆图斯　一种怪异的恐惧吓住我，一阵冷汗袭过颤抖的四肢。我心底猜的，比眼里见的，更多。

马蒂乌斯　为证明你真有一颗占卜之心，你和亚伦俯视这深坑，能看到流血、死亡的可怕景象。

昆图斯　亚伦走了，我这颗怜悯之心，哪怕想一下那儿有吓得我发抖的东西，都不许我瞅一眼。啊，告诉我怎么回事，因为直到眼下，我还是个孩子，对不知道的事心里害怕。

马蒂乌斯　巴西阿努斯大人俯卧于此，浸泡在这儿的血泊里，像一只被宰杀的羔羊，丢进这可憎、黑暗、嗜血的深坑。

昆图斯　坑里是黑的，你怎么认出是他?

马蒂乌斯　他血手指上戴着一枚宝石戒指，照亮整个深坑，像有些墓穴中的细蜡烛，映着死人土色的面颊，照出坑内的粗糙。当皮拉摩斯[①]

---

① 皮拉摩斯与提斯比的故事，取自奥维德《变形记》，在《仲夏夜之梦》第五幕第一场，莎士比亚将其化为工匠们献给雅典国王提修斯的搞笑剧。传说皮拉摩斯与提斯比相爱，人约黄昏后，皮拉摩斯误以为提斯比丧身狮口，皮拉摩斯遂拔剑自杀，后提斯比赶来，见皮拉摩斯已死，自杀殉情。

昆图斯想把马蒂乌斯拉出深坑

那夜躺下，沐浴在少女的血泊里，惨白的月光也是这样照着他。啊，哥哥，——如果惊恐让你像我一样，虚弱无力，——那用你无力的手，把我救出这像科赛特斯河[1]迷雾的河口一样可恨的、凶猛吞食的墓坑。

昆图斯　　把手伸给我，我救你出来。（把手伸向坑中。）否则，用不上劲儿，没多大效果，反被拽进这深坑里吞人的胎宫，巴西阿努斯之墓。我没力气把你拉上坑边。

马蒂乌斯　　你不帮，我也没力气爬上去。

昆图斯　　手再伸一次。这回我不松手，直到把你拉上来，不然，把我拽下去。你上不来找我，——我下去找你。（二人均跌落坑中。）

（皇帝萨特尼纳斯与摩尔人亚伦及众侍从上。）

萨特尼纳斯　　跟我来，我要看一眼这是个什么坑，刚跳进去的是什么人。——（向坑里。）喂，刚落入大地上这个豁开陷坑的人，你是谁？

马蒂乌斯　　老安德洛尼克斯不幸的儿子，在一个最倒

① 科赛特斯河（Cocytus）：古希腊神话中冥河（阿喀戎，Acheron）的一条支流，为冥界五河之一，意为痛苦之河，凡死后不入土安葬者，亡魂则在科赛特斯河畔游荡百年。

霉的时刻，被人带到这里，发现您的弟弟巴西阿努斯死了。

萨特尼纳斯　我弟弟死了？我知道，你只是在说笑。他和他夫人，都在这欢快猎场北面的小屋里。我跟他在那儿分手，还没出一小时。

马蒂乌斯　您在哪儿跟他这大活人分手，我们不清楚。可是，该咒的，哎呀！我们发现他死在这儿。

（塔摩拉偕侍从上；泰特斯·安德洛尼克斯与路西乌斯随上。）

塔摩拉　我的君王丈夫在哪儿？

萨特尼纳斯　在这儿，塔摩拉，致命的悲痛将我刺穿[1]。

塔摩拉　您的弟弟巴西阿努斯在哪儿？

萨特尼纳斯　此刻，你探查到我创伤的根底，可怜的巴西阿努斯遭人谋杀躺在这里。

塔摩拉　这么说，这封要命的信，我送得太迟。（交信。）信里是这提早发生的悲剧的阴谋，我十二分纳闷，一个满脸欢笑之人，能藏匿如此凶残的暴虐。

萨特尼纳斯　（读信。）"倘若我们错过与他巧遇，亲爱的猎人，——我们指的是巴西阿努斯——你

① 刺穿（gride）："牛津版"作"grieved"，可译为："致命的悲伤令我痛心。""贝文顿版"作"gripped"，可译为："致命的悲痛紧抓着我。"

能否连他的坟墓一起挖好。你能在我们约定埋葬巴西阿努斯的那个深坑,坑口有一棵遮阴的接骨木树[1],在树下的荨麻丛里找见报酬。这样做,能赢得我们成为你永远的朋友。"——啊,塔摩拉!可曾听过这种说辞?——这就是那个深坑,这是那棵接骨木树。——诸位,瞧你们能否把那个,在这儿杀了巴西阿努斯的猎人,找出来?

亚伦　仁慈的陛下,这儿是那袋金子。(找出金子示意。)

萨特尼纳斯　(向泰特斯。)你的两个狗崽子,嗜血成性的恶狗,夺去了我弟弟的命。诸位,把他们从坑里拽上来,投入监牢,叫他们在那儿,等到我替他们想出从未听闻过的拷问酷刑。

塔摩拉　什么?他们在这坑里?啊,惊人的怪事!(侍从将马蒂乌斯和昆图斯从坑里拉出;巴西阿努斯尸体。)凶手这么轻易被揭穿!

泰特斯　高贵的皇帝,以我衰弱的双膝,(跪地。)连同从不轻易流下的泪水,乞求这一恩惠,我

---

① 接骨木树(elder tree):传说叛徒犹大出卖耶稣后,在一棵接骨木树上上吊自杀,后代指同背叛有关联的不祥之树。

该受诅咒的儿子们这一凶残罪行,如能证明他们犯下这一罪行,那该受诅咒——

萨特尼纳斯　如能证明？您看这明摆着。谁发现的这封信？塔摩拉,是您？

塔摩拉　安德洛尼克斯亲手捡起来的。

泰特斯　我捡的,陛下。但让我保释他们,因为,凭祖上令人崇敬的坟墓起誓,我承诺,他们将随时听从陛下您的命令,以其生命清偿嫌疑。

萨特尼纳斯　你保释不了他们。你得跟我走。(泰特斯起身。)——来人把这遭谋杀的人的尸体弄走,来人把凶犯带走,不许他们说半个字,——罪行清楚,因为,以我的灵魂起誓,倘若有比死亡更糟的结局,那结局就该落在他们身上。

塔摩拉　安德洛尼克斯,我要恳求君王。别为你两个儿子担心,他们管保没事。

泰特斯　来,路西乌斯,来。不用等着跟他们说话。(众下。)

第四场

森林中又一部分

（皇后两个儿子德米特律斯与凯戎，偕遭轮奸的拉维妮娅上；拉维妮娅双手和舌头被割掉。）

德米特律斯　好，如果你舌头能吐字，现在去说，是谁割了你舌头，强奸了你。

凯戎　如果残肢能让你连抄带写，写下你的想法，透露你的意思。

德米特律斯　看她还能瞎比画记号、标志。

凯戎　回家去，叫人打盆熏香的水，给你洗手。

德米特律斯　她没舌头喊人，没手可洗。那咱们让她不言不语地走吧。

凯戎　我若摊上这事，就吊死自个儿。

德米特律斯　只要有手帮你打绳结。（凯戎与德米特律斯下。）

（吹奏号角。马库斯·安德洛尼克斯打猎归来，走向拉维妮娅；拉维妮娅跑开。）

马库斯　　这是谁？我侄女，逃得这么快！（拉维妮娅转身。）侄女，说句话，你丈夫在哪儿？——如果我在做梦，愿我全部财产将我唤醒！如果我醒着，愿哪颗星击倒我，好让我在长眠里安睡！说呀，温柔的侄女，哪双凶暴的粗野之手，把你劈砍成秃了双肢的躯干，那双讨人喜爱的“装饰”，多少君王力图在那交臂遮阴下安睡，却不曾有如此巨大幸运，赢得你哪怕一半的爱？为什么不跟我说话？（拉维妮娅张开嘴。）——哎呀！热血涌出一条猩红血流，像一泓被风激起汩汩作响的活泉，在你玫瑰色的双唇间涨落，随你蜜甜的呼吸一出一进。肯定是哪个忒柔斯[1]把你糟蹋，唯恐将他揭露，割了你的舌头。——啊！你现在因耻辱扭过脸去，尽管失血过多，——这血好似从三个喷口[2]汇流的喷泉，——你双颊上却脸色绯红，仿佛提坦的面孔，因邂逅一朵浮云而羞红[3]。要不要我替你说话？我可否说真

① 忒柔斯（Tereus）：古希腊神话中人物，色雷斯国王，阿瑞斯之子。

② 三个喷口（three issuing spouts）：指从嘴里和两条断臂伤口处涌出的血。

③ 意即连太阳神提坦都会因被云彩遮住而感到羞耻，何况你受到这样残暴的侮辱。此处原文为“Blushing to be encountered with a cloud”。朱生豪译为：“像迎着浮云的太阳的酡颜一样绯红。”梁实秋译为：“像太阳要被乌雪遮掩而气得通红。”

是这样？啊！真希望我懂得你的心思，真希望我能痛斥那头野兽，出一口恶气。藏匿悲伤，犹如一个封闭的烤炉，能把里面的心烧成灰烬。美丽的菲洛米拉，只不过失去舌头，还能把心思，缝在一块儿精心编织的刺绣里。但是，可爱的侄女，那个办法，也从你身上割去。你遇到一个更狡诈的忒柔斯，因你比菲洛米拉缝得更好，他把那些美丽的手指全切掉。啊！要是这怪物见过那百合花似的手指，像山杨树叶般在琉特琴上颤抖，使柔丝般的琴弦欢快地亲吻它们，那，豁出命，他也不会触碰它们！或者，要是他听过那甜美舌尖发出的天籁之音，他会把刀一扔，倒头就睡，活像刻耳柏洛斯①睡在色雷斯诗人②的脚下。来，我们走，把你父亲变成瞎子。因为，如此景象能弄瞎一位父亲的眼睛：一小时暴风雨能淹没芳香的牧场；整月整月的泪水不足以淹没你父亲的双眼？

---

① 刻耳柏洛斯(Cerberus)：古希腊神话中，把守冥府的三头怪犬。活捉这只怪犬是赫拉克勒斯的十二神迹之一。

② 色雷斯诗人(Thracian poet)：古希腊神话中，俄耳甫斯(Orpheus)入冥府寻亡妻欧律狄刻(Euridice)，以其曼妙的仙乐降伏三头怪犬(刻耳柏洛斯)。

别退却,因为我们要与你,共悲痛。
啊,愿我们的悲痛能抚慰你的痛楚!
(同下。)

第三幕

泰特斯为儿子求情

第一场

罗马，一街道

（裁判官、众元老、护民官偕泰特斯两个被缚的儿子马蒂乌斯与昆图斯上，经舞台走向行刑处；泰特斯向前，求情。）

泰特斯　尊贵、可敬的元老们，听我说！高贵的护民官们，等一下！为怜悯我这把岁数，当你们安睡时，我正在危险战争中消耗青春；为我所有儿子在罗马伟大事业中流的血；为我所有值岗守卫的寒冷之夜；为你们现在亲眼所见，这充满双颊苍老皱纹的辛酸泪水，对我判了死罪的两个儿子心怀悲悯，他们的灵魂没人们想的那样堕落。二十二个儿子①，因为都躺在崇高的荣誉之床，我从没为他们哭过。

（安德洛尼克斯匍匐在地，裁判官从他身旁走过。）

---

① 第一幕第一场，泰特斯提到自己有“二十五个英勇的儿子”，按实际剧情，应为二十六个儿子。

泰特斯　为这两个，这两个，众位护民官，在尘埃里，我书写心底深处的悲伤和灵魂里酸楚的眼泪。让我的泪水满足大地干瘪的胃口，我儿子们甜美的血将使它深感耻辱、羞愧。（裁判官、众元老、护民官及其他，押二囚犯下。）啊，大地！我要用从这两处远古遗迹[①]滴下的泪雨扶助你，比整个青春四月的阵雨更多。夏天干旱，我要不断为你洒落。在冬季，我要用热泪将雪融化，只要你拒不啜饮我儿子们的血，就让你脸上永葆春日。

（路西乌斯持剑上。）

泰特斯　啊，可敬的护民官！啊，仁慈的，众位老者！撤销死刑判决，给我俩儿子松绑。让此前从未哭过的我，说，我的眼泪，现在成了占上风的雄辩家。

路西乌斯　啊，高贵的父亲，痛心徒劳无益。护民官不听您说。您身边没有人。您在向石头诉说悲伤。

泰特斯　唉！路西乌斯，让我替你两个弟弟求情。——尊贵、可敬的护民官们，我再恳求一回。——

① 两处远古遗迹（two ancient ruins）：泰特斯以此代指自己的双眼。“牛津版”作“两只古瓮”（two ancient urns）。

路西乌斯　仁慈的父亲大人，没一个护民官听您说。

泰特斯　哎呀，不要紧，男子汉。哪怕听见，他们也不会留意到我；或者，哪怕留意到，也不会同情我。但我必须求情，哪怕对他们无效……所以，我徒劳地向石头倾吐悲痛，尽管石头无法回应我的痛楚，却比护民官略微好一些，因为它们不会打断我的讲述。我落泪时，它们谦恭地在我脚边承受眼泪，仿佛与我同哭，何况，假如它们也裹上灰暗外衣，罗马真拿不出一个像这样的护民官。石头软如蜡，护民官比石头更硬。石头沉默着，谁也不损害，护民官却凭舌头定人死罪。——（起身。）你为何拔剑在手，站在这儿？

路西乌斯　为把两个弟弟从死亡中救出来。因这一企图，裁判官已宣判，判我永久放逐。

泰特斯　啊，幸运之人！他们待你不薄。唉，愚笨的路西乌斯，你没觉察，罗马只是一片老虎出没的荒野？老虎必须捕猎。而罗马，除了你和我家人，无猎可捕。你多么幸运，因此，才能从这些吞食者嘴里遭放逐！——跟我弟弟马库斯一起来的，是谁？

（马库斯与拉维妮娅上。）

马库斯　泰特斯,你高贵的双眼准备好哭泣。要么,不落泪,你高贵的心预备碎裂。我给你的暮年带来毁灭的悲痛。

泰特斯　将要毁灭我?那让我来看。

马库斯　这曾是你女儿。

泰特斯　唉,马库斯,她现在还是。

路西乌斯　啊呀,这景象要我命!(双膝跪地。)

泰特斯　懦弱的孩子,起来,看着她。(路西乌斯起身。)——说,拉维妮娅,哪只该诅咒的手,叫你没了手,出现在父亲眼前?哪个傻瓜往大海里加水?要么,傻到给烧得透亮的特洛伊送柴草?你来之前,我已悲痛到顶,现在,它像尼罗河一样,蔑视边界[①]。给我一把剑,我也要砍掉双手,因它们曾为罗马而战,一切徒劳。它们曾喂养生命[②],却养出这场苦痛。我曾举起它们,徒劳祷告,它们为我效劳,毫无成效。此刻,我要它们效命的全部之劳是,一只手帮着砍掉另一只。——这倒好,拉维妮娅,你没了双手,因为拿双手为罗马效命,只能白出力。

---

① 蔑视边界(it disdaineth bounds):意即我现在的悲痛像洪水泛滥的尼罗河,会冲破堤岸的界限。

② 喂养生命(feeding life):意即我曾以双手捍卫罗马。

路西乌斯 说呀,善良的妹妹,是谁把你弄残?

马库斯 啊! 她那凭如此悦耳的口才,吐露心意的美妙乐器,让人从漂亮的空心笼子里撕碎,原来在那里,它像一只迷人动听的鸟儿,能唱出各种甜美音符,迷倒每一只耳朵!

路西乌斯 啊! 你替她说,这事谁干的?

马库斯 啊! 发现时就这样,她在猎场里游荡,像一头鹿,受了不可治愈的伤,在找藏身之处。

泰特斯 这是我的挚爱[1]。害她之人对我的伤害,比杀死我更厉害。因为现在,我就像一个人,站在岩石上,被一片大海的荒野围住,紧盯着涌动的潮水,一浪接一浪高涨,那怀恨的浪涛一直在等时机,要把他吞进咸涩的肠胃。我可怜的两个儿子刚由这条路去赴死。这儿站着我另一个儿子,一个被放逐之人。这儿还有我弟弟,正为我的灾难哭泣。但踢我灵魂最狠的那一脚,是亲爱的拉维妮娅,她比我的灵魂更宝贵。——哪怕在画里见到你这样子,我都会发疯。此刻见你活生生的身体成了这样子,我该当如何? 你没了

① 我的挚爱(my dear):“挚爱”(dear)与“鹿”(deer)双关,意即拉维妮娅是我挚爱的鹿(女儿)。

手,无法擦干泪水,也没有舌头告诉我,谁把你弄残。你丈夫,他死了。为他的死,你两个哥哥被判死刑,这会儿,已经死了。——看,马库斯!啊,路西乌斯,儿子,看她!一提到她兄弟们,她脸颊上便又噙满新鲜的泪水,好似甘美的露珠,滴在一朵采摘来、快要枯萎的百合花上。

马库斯　也许,她因他们杀了她丈夫而哭;也许,因为她深信他们无辜。

泰特斯　若真是他们杀了你丈夫,你该高兴才对,因为法律已向他们复仇。——不,不,他们干不出这等邪恶之事,这由她满脸悲情来作证。温柔的拉维妮娅,让我吻你的唇,要么做些示意,我该怎样宽慰你。难道,你仁慈的叔叔,你的兄弟路西乌斯,还有你和我,围坐在泉池旁,一起往下望,就看各自面颊,像洪水过后的草场,沾满洪水留下的、仍湿未干的泥泞黏质?难道,我们要在泉边长久凝望,直到这池清泉失去新鲜味道,用我们苦涩的泪水,把它变成一个咸水坑?难道,我们也要像你一样砍去双手?难道,要我们咬掉舌头,在哑剧中打发饮恨的余年残生?我们该怎么办?让我们,有舌头的人,想出进一步受罪的招数，好叫后世对我们称奇。

路西乌斯　亲爱的父亲，止住眼泪。因为，您一伤心，看我可怜的妹妹，抽噎、哭泣得多厉害。

马库斯　忍耐，亲爱的侄女。——（向泰特斯。）仁慈的泰特斯，擦干双眼。（递上手绢。）

泰特斯　啊！马库斯，马库斯，弟弟，我深知，你的手绢再也擦不干我一滴眼泪，因为你，可怜的人，已用自己的泪水将它淹没。

路西乌斯　啊，我的拉维妮娅，我来擦干你的面颊。

泰特斯　看，马库斯，看！她示意，我懂了。如果她有舌头，现在就能把我刚对你说的话，说给他哥哥：他的手绢已被诚实的眼泪浸透，无法再为她的面颊效力。

啊，这是怎样一种共情的苦痛，——
苦无救援，像地狱边缘[①]永隔天赐之福！

［摩尔人（亚伦）上。］

亚伦　泰特斯·安德洛尼克斯，皇帝陛下给你带句话：——你若爱两个儿子，就让马库斯、路西乌斯、你自己，或你们任何一位，砍下一只手，送到君王那儿。为此，他将把你的两个

---

① 地狱边缘（Limbo）：可音译为“林博”，旧译为“灵薄狱”或“迷失域”，为耶稣降生之前，未受洗的儿童及善良人的灵魂居所。在此泛指地狱。

儿子活着送还。那只手,算给他们的罪过交赎金。

泰特斯　啊,仁慈的皇帝!啊,善良的亚伦!乌鸦可像云雀似的,这样唱过日出的甜美消息?我愿尽全心,把这只手送给皇帝。好心的亚伦,可愿帮我砍掉它?

路西乌斯　停下,父亲!你那高贵的手,打倒过那么多敌人,不能送。用我的手代替,——我年轻,比您更不怕失血。因此,用我的手去救弟弟们的命。

马库斯　你们哪只手没保卫过罗马,挥举血淋淋的战斧,把毁灭写在敌人头盔上。啊,你们无一不战功卓著。我的手倒一直闲着,拿它当赎金,救我两个侄子免遭一死,也算给它留个配得上的结局。

亚伦　好,赶快,定好送谁的手,只怕特赦未下,命已归西。

马库斯　用我的手。

路西乌斯　以上天起誓,千万不可!

泰特斯　二位先生,别再相争。像我这种枯萎的草茎,最该拔除,所以砍我的。

路西乌斯　亲爱的父亲,若认我是你儿子,让我赎回两个弟弟的命。

马库斯　　看在我们父亲的分儿上，为了我们母亲的关爱，现在让我尽一份兄弟之爱。

泰特斯　　你俩商定，我的手免了。

路西乌斯　那我去找把斧头。

马库斯　　我也要用斧头。（路西乌斯与马库斯下。）

泰特斯　　过来，亚伦，我骗了他们俩。借你的手一用，我要将我的手，给你。

亚伦　　（旁白。）如果这算骗，我要以诚待人，只要活一天，我决不这么骗人。但我要用另一种方式骗您，不出半小时，您自见分晓。（砍下泰特斯的手。）

（路西乌斯与马库斯重上。）

泰特斯　　你们现在不用争了，要做的，我已办妥。好心的亚伦，把我的手交给陛下。告诉他，这是一只守卫他免受千种危险的手。请他埋了它。它应得更多封赏，——那就埋了吧[1]。至于我的两个儿子，要我说，权当用便宜价买来的珠宝，倒也算值钱[2]，因为我买的是自己的亲骨肉。

---

① 那就埋了吧（that let it have）：朱生豪译为："这样的要求是不该拒绝的。"梁实秋译为："这一点点要求就给了它吧。"

② 值钱（dear）：与"亲爱的"（dear）同音双关。

亚伦　　我去了,安德洛尼克斯,希望你的手,能很快换回你的两个儿子。——(旁白。)我是说,两人的脑袋。啊,凭这万恶的念头,能把我养得多肥[①]!

让傻瓜们行善,面色白净之人[②]吁求恩典,

亚伦愿他自己,有像脸色一样黑的灵魂!(下。)

泰特斯　　啊!此刻,我把这只手举向上天[③],把这衰弱的废墟[④]弯向大地。(双膝跪地。)若有任何神灵怜悯我可怜的泪水,我发出吁求!——(向拉维妮娅。)怎么,要与我一同跪地?(拉维妮娅跪下。)那跪吧,亲爱的宝贝,因为上天能听到我们的祷告,否则,用我们的叹息,把天空吹暗,用尘雾染污太阳,活像有时候,阴云把它揽入融化的胸窝。

马库斯　　啊!哥哥,说些现实的话,不要闯入这深深

---

① 原文为"How this villainy / Doth fat me with the very thoughts of it"。朱生豪译为:"我一想到这一场恶计,就觉得浑身通泰。"梁实秋译为:"这条害人的毒计,我想一想都觉得开心。"

② 面色白净之人(fair men):亚伦是摩尔人,肤色较深。在此代指白人。

③ 参见《旧约·但以理书》12:7:"那天使举起双手,指向天空,奉永生上帝之名发誓。"

④ 废墟(ruin):指自己砍去一只手之后残废的躯体。

的绝境[1]。

泰特斯　　我的悲痛没深到见了底吗？那我迸发的情感也深不见底[2]。

马库斯　　但要让理智统治哀痛。

泰特斯　　假如这些苦难事出有因，那我能把痛苦绑在界限里。当上天垂泪，大地不被洪水淹没？风一旦发怒，大海不变得疯狂，用猛烈上涨的海面恐吓天空？要为这骚动找个理由吗？我就是大海。[3]听！她的叹息多么急促！她是哭泣的风，我是大地。那我的大海，一定为她的叹息动情，那我的大地一定为她持续的泪水，变得洪水泛滥、大地淹没[4]，因为我的肠胃藏不住她的悲苦[5]，却一定会像个酒鬼，吐出那些悲苦。那就允许我，因为得允

---

① 原文为“And do not break into these deep extremes”。朱生豪译为：“让理智控制你的悲痛吧。”梁实秋译为：“不要竟说这样怪诞的话。”

② 参见《旧约·耶利米哀歌》1：12：“她向每一个路过的人哀求，/ 看看我的景况吧！/ 从没有人像我这样痛苦。”

③ 参见《旧约·约伯记》7：12：“我是大海，还是海怪，/ 你为何这样防范我？”

④ 参见《旧约·耶利米哀歌》2：18—19：“耶路撒冷啊，/ 愿你的城墙向主呼求！/ 愿你的眼泪日夜像江河涌流；/ 愿你不眠不休地忧伤哭泣。”

⑤ 参见《旧约·耶利米哀歌》1：20：“上主啊，看看我的愁苦吧！/ 看看我的心所受的痛苦！/ 我的心为罪恶悲伤而破碎！”

许失败者,用苦涩的舌头去宽慰肠胃。[①]

(一信差携两颗人头、一只手,上;泰特斯与拉维妮娅起身。)

信差　可敬的安德洛尼克斯,你那只送给皇帝的善良之手,换来恶毒回报。这是你两个高贵儿子的头,这是你的手,在轻蔑中送还。(放下两颗人头、一只手)——你的悲痛成了他们的消遣,你的决心遭嘲笑。[②]所以,想起你的苦痛,我比想起自己父亲的死,更悲痛。(下。)

马库斯　现在,让西西里滚烫的埃特纳火山[③]冷却,让我的心变成一座永远燃烧的地狱[④]!这些苦痛,非人所能承认。与落泪者一同落泪[⑤],多少是个安慰,但哀痛者受嘲弄,则是双倍的死刑。

路西乌斯　啊!这景象造成这样深的创伤,但可憎的生命并未因此枯萎!就算死神该永赋生命以

---

① 原文为“Then give me leave, for losers will have leave / To ease their stomachs with their bitter tongues”。朱生豪译为:“所以由着我吧,因为失败的人必须得到许可,让他们用愤怒的言辞发泄他们的怨气。”梁实秋译为:“所以请原谅我,失败者可以获得原谅说些愤激的话让肠胃舒服一下。”

② 参见《旧约·耶利米哀歌》1:21:“请听我的叹息吧,/ 没有人安慰我。/ 仇敌因你向我降灾而欢乐。”

③ 埃特纳火山(Aetna):位于意大利西西里岛上,欧洲海拔最高的一座活火山。

④ 参见《新约·启示录》20:10:“那迷惑他们的魔鬼被扔进火与硫黄的湖里;那只兽和假先知早已在地方。在那里,人们要日夜受折磨,永不休止。”

⑤ 参见《新约·罗马书》12:15:“要跟喜乐的人同喜乐,跟哭泣的人同哭泣。”

生命之名，那里的生命，除了喘气，毫无兴味。[①]（拉维妮娅吻泰特斯。[②]）

马库斯 唉！可怜的灵魂，那一吻，活像结冰的水之于一条冻僵的蛇，没给他安慰。

泰特斯 这可怕的睡眠何时结束？

马库斯 现在，告别自我吹嘘。去死，安德洛尼克斯，你没在睡眠里。看，你两个儿子的头；你那只好战的手；你被人砍残的女儿；你另一个遭放逐的儿子，这惨象吓得他面无血色；还有你弟弟，我，冷漠、麻木，活像一座石像。啊！此刻我不再要你抑制悲痛。扯掉银发，用牙咬那只手。让这凄凉景象合上我们最倒霉的双眼！现在是暴风雨的时候[③]。你为何静止不动？

泰特斯 哈，哈，哈！

马库斯 为何发笑？这不是笑的时候。

泰特斯 为何？再流不出一滴眼泪，何况，这悲痛是敌人，能篡夺我泪汪汪的双眼，用纳贡的泪

---

① 原文为“That ever death should let life bear his name, / Where life hath no more interest but to breathe”。朱生豪译为：“生活已经失去了意义，却还要在这世上吞吐着这一口气，做一个活受罪的死鬼。”梁实秋译为：“以后生命只好算是徒有其名，如果生命只不过是喘着一口气罢了。”

② “皇莎版”此处舞台提示为：“拉维妮娅吻人头。”

③ 参见《旧约·传道书》3:1：“天下万事都有定期，/ 都有上帝特定的时间。”

水把两眼变瞎。那我该找哪条路,去复仇女神[1]的洞穴?这两颗人头似乎在对我说,警告我,休想得到天赐之福[2],直到把所有这些不幸还回去,甚至交到他们喉咙里。[3]来,让我想一下当务之急。——你们几个悲痛之人,围拢过来,好让我面对你们每一个人,向我的灵魂起誓,纠正你们的冤屈。(起誓。)——许下誓言。——来,弟弟,你拿上一颗头,我这只手,拿另一颗。——拉维妮娅,我也给你派事做。宝贝女儿,用牙齿衔住我这只手。——(向路西乌斯。)至于你,孩子,快离开我的视线。你是流亡者,不可停留。赶去哥特人那边,召集一支军队。如果你爱我,——依我看,是这样,——让我们亲吻、话别,因为我们有好多事要做。(泰特斯、马库斯与拉维妮娅下。)

路西乌斯　再见,安德洛尼克斯,我高贵的父亲,——罗

---

① 复仇女神(Revenge):古希腊神话中的复仇女神。

② 参见《旧约·诗篇》7:16:"他要因自己的邪恶受惩罚,/ 因他自己的暴行受伤害。"

③ 原文为"And threat me I shall never come to bliss / Till all these mischiefs be returned again / Even in their throats that have committed them"。朱生豪译为:"不让那些害苦我们的人亲身遍历我们现在所受的一切惨痛,我将要永远享不到天堂的幸福。"梁实秋译为:"我们吃尽了这些苦头,若不即以其人之道还治其人之身,我将永远不得享受天堂之乐。"

马有史以来最苦命的人。再见，骄傲的罗马，等路西乌斯归来。他告别那些担保人[1]，他们比他自己的生命更宝贵。再见，拉维妮娅，我高贵的妹妹。啊，愿你像从前一样！但眼下，甭管路西乌斯，还是拉维妮娅，双双被人遗忘，陷入可怕的悲痛。只要路西乌斯活着，他将替你清偿耻辱，让骄狂的萨特尼纳和他的皇后，像塔昆[2]和他的皇后那样，在城门处告饶。现在我要去哥特人那里，召集一支军队，向罗马、向萨特尼纳复仇。（下。）

---

① 担保人（pledges）：指留在罗马做担保，替他当人质的家人。“告别”（leave）：“皇莎版”为“爱”（love），意即他爱那些担保人。

② 塔昆（Tarquin）：即路西乌斯·塔克文·苏佩布（Lucius Tarquinius Superbus，？—前496）之子，亦称小塔克文。罗马王政时代最后一位皇帝，其好色的儿子赛克图斯·塔克文（Sextus Tarquinius）强奸了鲁克丽丝。鲁克丽丝不甘受辱，自尽身亡。罗马人民奋起，将苏佩布一家逐出罗马城。莎士比亚由此写成《鲁克丽丝受辱记》。

第二场

罗马，泰特斯家中一室，摆设筵席

（泰特斯、马库斯、拉维妮娅与男童小路西乌斯上。）

泰特斯　好，好。现在坐下。注意别吃太多，吃得恰好能保持十足体力，为我们的苦难复仇。马库斯，解开那交臂抱胸的伤心结[1]。你侄女和我，可怜的造物，都没了手，不能交臂抱胸，表露十倍的悲情。我这只可怜的右手，留着用力捶胸，当我的心，整个因痛苦而疯狂，在我这空心的肉体牢狱里跳动，这手便这样把它锤下去。——（向拉维妮娅。）你这苦难的形象，只能这样用手势说话。当你可怜的心狂跳之时，你无法这样击打，让它沉静。用叹息[2]伤害它，女儿，用呻吟杀死它。要么，弄一把小刀放在牙齿间，对准心脏扎一个洞，好让你可怜双眸淌

① 双臂交抱胸前，被视为表示悲伤的一种姿势。

② 旧时人们认为，每一声叹息消耗一滴心血。

出的所有泪水，流进那个池塘，在里面浸泡，把这悲叹的傻瓜淹死在咸涩的泪海。

马库斯　呸，哥哥，呸！别教她这样把如此狂暴之手，落在自己娇嫩的生命上。

泰特斯　怎么？悲痛把你变昏聩了？哎呀，马库斯，除了我，没人会发狂？什么狂暴之手，能落在她的生命上？——啊！你为何提及这个"手"字，——为了叫埃涅阿斯讲两回故事，特洛伊如何燃烧，自己如何遭难？[①]啊！别碰这话题，别再谈到手，否则，我们会不断记起，自己没有手。——呸，呸！说出口的话多么疯癫，——好像只要马库斯不提手那个字，我们就能忘掉自己没了手！——来，开吃。可爱的女儿，吃这个。——这儿没酒！——听，马库斯，她说什么。——她一切遭罪的表示，我都能解释。——她说，什么也不喝，除了用自身苦痛酿造，黏在面颊上的泪水[②]。——无言的哀诉者，我要弄懂你的心思。我要完全通晓你的哑剧表演，像乞讨的隐士熟悉他们的神圣祈祷。只有你叹息一声，或把残肢举向上天，或眨眼，

① 在维吉尔《埃涅阿斯纪》卷2中，迦太基女王狄多要埃涅阿斯讲述特洛伊沦陷的经过，埃涅阿斯回答，再讲一遍会令他悲痛重生。

② 参见《旧约·诗篇》80:5："使我们拿眼泪当饭吃，给我们喝一大杯眼泪。"

或点头，或跪下，或做个示意，这里的意愿，我不会弄错一个字母，并靠不断练习，学会理解你的意思。

男童　仁慈的祖父，撇下这些痛苦深切的悲恸，讲点儿高兴的事，让我姑姑快乐。

马库斯　唉！这童心的孩子，动了感情，见祖父伤心，也跟着落泪。

泰特斯　安静，小树苗，你是眼泪做的，泪水将很快把你的生命融化掉。（马库斯用刀敲击盘子。）——马库斯，用刀敲什么？

马库斯　敲刚弄死的东西，大人，——一只苍蝇。

泰特斯　你这遭瘟的，凶手！你杀了我的心。我两眼腻烦了残暴景象。对无辜者实施死刑，不配做泰特斯的兄弟。给我滚。看出来了，你我道不相同。

马库斯　唉，大人，我不过弄死一只苍蝇。

泰特斯　“不过”？要是那只苍蝇有父母呢？他将怎样悬着纤弱、镀金的双翼，嗡嗡嗡，在空中讲述悲痛之事！可怜、无害的苍蝇，带着曼妙的嗡嗡旋律，来这儿让我们快乐！你却杀了它。

马库斯　原谅我，先生，那是只丑陋的黑苍蝇，活像皇后的摩尔人。我这才杀了它。

泰特斯　啊，啊，啊！那原谅我责骂你，因为你做了一件善事。把刀给我，我要羞辱他，骗自己相信，他好似那个摩尔人，来这儿蓄意毒死我。——这一刀给你，这一刀给塔摩拉。(拿刀击打。)——啊，小子！不过，我想，我们还没下贱到单凭这只苍蝇长得像个黑炭似的摩尔人，两人便合力杀死它。

马库斯　唉，可怜的人！悲痛如此摆弄他，拿假影子当真材料。

泰特斯　来，撤桌。——拉维妮娅，跟我一起走。我要去你的内室，和你一起，读些发生在古时候的悲情故事。——来，孩子，跟我一起走。你眼力正强，等我的视力变模糊，由你来读。(众下。)

第四幕

泰特斯与拉维妮娅、马库斯、小路西乌斯

第一场

罗马,泰特斯家中花园

[(男童)小路西乌斯上,拉维妮娅在后追跑;男童腋下夹书,跑开;随后,泰特斯与马库斯上。]

男童　救命,祖父,救命!我到哪儿,拉维妮娅姑姑都跟着,不知为什么。——仁慈的马库斯叔祖,看,她飞快跑来。——哎呀,亲爱的姑姑,我不懂您什么意思。

马库斯　站在我边上,路西乌斯。别怕你姑姑。

泰特斯　她特别爱你,孩子,哪能伤害你。

男童　对,我父亲在罗马时,她是的。

马库斯　我侄女拉维妮娅这些示意,什么意思?

泰特斯　路西乌斯,别怕她。——她一定想到什么了。看,路西乌斯,看姑姑多了解你,她想要你陪她一起去哪儿。啊！孩子,科妮莉娅[1]给自己儿子读书,从没像她给你读悦耳的诗歌和塔利的《论演说家》[2],那么上过心。

马库斯　猜不出她为何这么缠着你吗？[3]

男童　不知道,叔祖,猜也猜不出,除非有什么寒热病或疯癫附身。因为常听祖父说,极端痛苦会把人变疯,我也读到过,特洛伊的赫卡柏[4]因痛苦发疯。叔公,尽管我明知道,高贵的姑姑爱我,像亲生母亲那样爱我,除非发疯,不会吓唬我这小男孩,但我还是怕,吓得我丢下书,飞逃。——也许,毫无缘由,——但宽恕我,亲爱的姑姑。如果有马库斯叔祖陪着,我顶乐意陪您。

马库斯　路西乌斯,我去。(拉维妮娅用残肢翻看小路西乌斯掉在地上的书。)

---

① 科妮莉娅(Cornelia):古罗马"格拉古兄弟"之母(mother of "the Gracchi brothers")。科妮莉娅嫁给古罗马执政官提比略·森普罗尼乌斯·格拉古斯(Tiberius Sempronius Gracchus, 前168—前133),育有儿子提比略(Tiberius)和盖乌斯(Gaius),后成为罗马平民贵族,均担任过护民官。科妮莉娅教子有方,视子为"家中珍宝"。

② 塔利的《论演说家》(Tully's *Orator*):塔利(Tully)是古罗马政治家、哲学家、演说家马库斯·图利乌斯·西塞罗(Marcus Tullius Cicero, 前106—前43)的英语名,著有《论演说家》(*De Oratore*),又译《论雄辩家》。

③ "皇莎版"中,这句台词在上段末尾,由泰特斯所说。此处按"牛津版"。

④ 特洛伊的赫卡柏(Hecuba of Tory):特洛伊国王普里阿摩斯之妻,特洛伊战争中,其长子赫克托、幼子帕里斯均死于希腊联军之手。特洛伊沦陷后,被杀身亡。在奥维德《变形记》中,因极度痛苦而发疯,最后变成一条狗。

泰特斯　怎么，拉维妮娅！——马库斯，这什么意思？这儿有本她想看的书。这里头的，女儿，哪本？——（向男童。）书打开，孩子。——（向拉维妮娅。）但你程度高，比这些课本读得深。来，都拿到我书房去选，这能帮你排遣悲痛，直到诸天揭出犯下这桩罪恶、该下地狱的阴谋家。——这是什么书？她为何一次次举起双臂？

马库斯　我想，那意思是，这桩罪恶上，帮凶不止一人。对，有更多人，否则，举起双臂，就是呼吁上天复仇。

泰特斯　路西乌斯，她翻看的什么书？

男童　奥维德的《变形记》[①]，祖父。这本书，是母亲给我的。

马库斯　也许专挑这一本，为了她那逝去的爱。

泰特斯　稍等！她翻页那么起劲儿！（帮她翻页。）她在找什么？——拉维妮娅，要我读吗？这是菲洛米拉的悲剧故事，讲述忒柔斯的背叛与强奸，——强奸，恐怕这是你痛楚的根源。

马库斯　看，哥哥，看！留意，她翻看哪几页。

泰特斯　拉维妮娅，你也这样被抓住，亲爱的女儿，在冷

---

① 奥维德的《变形记》对莎士比亚戏剧创作影响巨大、深远。书中写了古代传说中一些惨遭不幸的女性，在饱受折磨后发生各种变形。

酷、荒凉、幽暗的树林里，像菲洛米拉一样，在暴力之下，遭强奸，受玷污？（拉维妮娅点头。）——瞧，瞧！对，我们打猎那里，有这么个地方。——啊！但愿我们从未、从未去那儿打过猎！——诗人在此写出先例，那地方天生就适合凶杀和强奸。

马库斯　啊！为何大自然造出如此邪恶的一处兽窝，[1]除非众神喜好悲剧？

泰特斯　做出示意，亲爱的女儿。——这儿除了家人，没外人。——哪个罗马贵族竟敢干这种事。——是不是萨特尼纳斯，像从前塔昆那样，偷偷溜出营帐，在鲁克丽丝的床上，犯下罪恶？

马库斯　坐下，亲爱的侄女。——哥哥，坐我边上。——阿波罗、帕拉斯、周甫或墨丘利[2]，给我启示，好让我发现这叛逆之罪！——大人，看这儿！——拉维妮娅，看这儿。这片沙地很平坦。如果你

---

① 原文为“why should nature build so foul a den”。朱生豪译为：“大自然为什么要设下这么一个罪恶的陷阱？”梁实秋译为：“为什么天地间会造出这样丑恶的渊薮？”

② 阿波罗（Apollo）：古希腊神话中的太阳神，与发现真相相关；帕拉斯（Pallas）：即古希腊神话中的智慧女神雅典娜（Athene），与法律相关；周甫（Jove）：即古罗马神话中的众神之王朱庇特（Jupiter），惩治罪恶；墨丘利（Mercury）：古罗马神话中众神的信使。

能，就照我这样，引导一下。（用嘴和脚操弄引导手杖，写自己名字。①）完全没用手帮忙，我把名字写在这儿了。愿逼迫我们用这种方法的那颗心遭到诅咒！——好侄女，你来写，在这儿最终把上帝为复仇而揭示的秘密，透露出来。愿上天引导你的笔，直白标记出你的悲伤，好让我们认出叛徒与真相！（拉维妮娅用嘴衔住手杖，用残肢引导来写。）

泰特斯　啊，你们读一下，大人，她写的什么？——"'强奸'②、凯戎、德米特律斯。"

马库斯　什么，什么？塔摩拉的两个荒淫的儿子，是这凶恶、血腥行为的上演者。

泰特斯　"诸天的伟大主宰，你听闻犯罪如此迟缓，眼力如此迟缓？"③

马库斯　啊！你冷静，仁慈的大人。然而，我深知，这写在地上的恶行，足以在最温情的想法中，激起一场叛乱，使婴儿的心灵发出惊呼。大人，与

---

① 古希腊神话中有关于天神宙斯（Zeus）与伊娥（Io）的爱情故事：宙斯爱上伊娥，为躲避嫉妒的天后赫拉（Hera），宙斯将伊娥变成一头牛。奥维德在《变形记》中，将此写成"朱庇特与伊娥"的故事：被变成牛之后的伊娥，嘴不能说话，用脚画沙，想把自己只有两个字母的名字告知她的父亲。

② 强奸（stuprum）：原为拉丁文，即英文"rape"。

③ 原为拉丁文"Magni dominator poli, / Tam lentus audis scelera, tam lentus vides?"引自古罗马悲剧集塞内加（Seneca，公元前4—65）悲剧《希波吕托斯》（*Hippolytus*）。

我同跪。拉维妮娅，跪下。——你也跪下，亲爱的孩子，你是罗马人赫克托的希望[1]。（他们跪下。）同我一起发誓——就像，当年朱尼厄斯·布鲁图斯[2]大人，与贞洁受辱女人悲痛的配偶和父亲，因鲁克丽丝遭强奸一起发誓那样，——我们将凭精心思考，向这些哥特人执行致命的复仇，要么看他们流血，要么蒙羞死去。（他们起身。）

泰特斯　若知如何操办，这不在话下。但倘若追猎两只熊崽子，您得当心。母熊一旦闻到您的气味，就会醒来。[3]她与狮子[4]结盟深厚，翻滚玩[5]的时候，哄他入睡，等他睡熟，便随性而为。您这猎手，不够老成，马库斯。听其自然。来，我要去找一片黄铜，用一把小铜凿将那几个字钉进

---

① 罗马人赫克托的希望（Roman Hector's hope）：赫克托是特洛伊战争中的特洛伊英雄，路西乌斯被誉为罗马人的赫克托。意即你是你父亲（罗马人的赫克托）的希望，正如赫克托之子阿斯德阿纳克斯（Astyanax）的赫克托的希望。

② 朱尼厄斯·布鲁图斯（Junius Brutus）：罗马共和国主要缔造者，公元前509年担任罗马共和国第一任执政官。塔昆强奸鲁克丽丝之后，布鲁图斯唤起罗马民众，将塔昆之父、罗马王政时代末代国王苏佩布一家逐出罗马城。

③ 参见《旧约·撒母耳记下》17:8："你知道你父亲大卫和他的部属都是能征惯战之人；他们凶猛有如被抢走小熊的母熊。"《何西阿书》13:8："我要像失去幼崽的母熊攻击你们，撕裂你们。"

④ 狮子（lion）：代指萨特尼纳斯。母熊指塔摩拉，熊崽子指塔摩拉的两个儿子德米特律斯和凯戎。

⑤ 翻滚玩（playeth on her back）：含性意味，指与萨特尼纳斯性爱之时。

去，放好。狂怒的北风会将这沙粒吹跑，像西比尔[①]的树叶，散了，到那时，我们的教训在哪儿？——孩子，你说什么？

男童　我说，祖父，如果我是个大男人，这几个罗马牛轭下的坏奴隶，他们母亲的寝室不该成为安全之所。[②]

马库斯　对，这才是好孩子！为这个忘恩负义的国家，你父亲常这么做[③]。

男童　叔祖，只要能活下去，我也这样做。

泰特斯　来，一同去我的武器库。路西乌斯，我要把你武装起来。另外，我的孩子，要你从我这儿，给皇后的儿子们，带去两件礼物。来，来，给我当信使，你可愿意？

男童　嗯，祖父，我愿把刀送入他们心窝。

泰特斯　不，孩子，不用这样。——我教你另一种做法。——拉维妮娅，来。——马库斯，你替我照顾家。路西乌斯和我，要去宫廷摆一回威

---

① 西比尔(Sibyl)：源自希腊语“西比拉”(Syballa)，意即女先知。在古希腊神话中，西比拉是主持阿波罗神谕的女祭司，后在维吉尔《埃涅阿斯记》中成为罗马人中最著名的女巫——库迈(Cumae)的西比尔(Sibyl)。库迈原为希腊殖民地。传说西比尔的预言都写在树叶上，但不及人们读到，树叶便被风吹跑。

② 意即我若是男子汉，要毁灭这几个成为罗马俘虏的奴隶，他们没任何藏身之处可以幸免。

③ 意即你父亲经常以这种方式反对保证。

风。对，以圣母马利亚起誓，去摆威风。不会像上次那样，没人搭理咱们。（泰特斯、拉维妮娅与男童下。）

马库斯　啊，诸天！听到一个好人呻吟，您能不心肠变软，或心生悲悯？——马库斯，在他发狂之际，照应好他，他心底悲伤的疮疤，比他战盾之上敌人的印迹更多。但他居然这么守法，不肯报仇。——诸天，你们要为老安德洛尼克斯复仇！[①]（下。）

① 参见《新约·罗马书》12:19:"朋友们！不要为自己复仇，宁可让上帝的愤怒替你伸冤，因为《圣经》说：'主啊，伸冤在我，我必定报应。'"

第二场

罗马，宫中一室

［亚伦、德米特律斯与凯戎自一方上；男童（小路西乌斯）与一侍从，持上面写有诗行的一捆武器上。］

凯戎　德米特律斯，路西乌斯的儿子在这儿。他来给我们送信。

亚伦　哼，想必是他疯祖父，送来什么发疯的信。

男童　二位大人，尽我所有谦恭，呈上安德洛尼克斯对你们的问候。——（旁白。）祈求罗马众神毁灭你们！

德米特律斯　多谢，可爱的路西乌斯。什么消息？

男童　（旁白。）因被打上强奸恶棍的标记，你们两人都已暴露，这就是消息。——（高声。）请听我说，我祖父，经仔细考虑，派我送来他武器库中最棒的武器，以满足二位可敬的青年，你们是罗马的希望，这是他叫我说的话，话已说完，礼物呈上，好让您二位如有所需，可随时武装，装备齐全。(侍从呈上武器。)那好，向二位请辞。——(旁白。)两个嗜血的恶棍！(男童与侍从下。)

德米特律斯　这是什么？一个纸卷，周边写了字。咱们看看。——(读。)“生活正直、免于犯罪之人，不需要摩尔人的投枪或弓箭。”①

德米特律斯　啊，这是贺拉斯的诗句，我熟悉。很早之前在学校课本里读过。

亚伦　对，不错。——贺拉斯的一句诗。——没错，您说得对。——(旁白。)唉，做一头蠢驴多么糟糕！这玩笑开得不妙！那老家伙发现了他们的罪行，送来武器，裹上诗行，伤及要害，两人浑然不觉。倘若我们聪明的皇后能出来走动，她会赞赏安德洛尼克斯的机巧。但让她在不安中②休息一阵儿。——(向二人。)现在，二位年轻的公子，是不是有颗幸运之星引我们来到罗马？③身为异邦人，不止如此，还是俘虏，

---

① 原文为拉丁文“Integer vitae, sceleque purus, / Non eget Mauri jaculis, nec arcu”。英译为“He who is upright in life and free from crime needs not the Moorish javelin or bow”。源自古罗马抒情诗人贺拉斯(Horace, 公元前65—前8)的《颂歌》(*Odes*)。

② 此时，塔摩拉正临盆。

③ 参见《新约·马太福音》2:2:“他们问：‘那出生要做犹太人的王的在哪里？我们在东方看见了他的星，特来朝拜。’”

竟升迁到这等高度！叫我舒心的是，在皇宫门前，顶撞护民官，他哥哥在一旁听着。

德米特律斯　但叫我更舒心的是，眼见如此显赫的人物，从下贱到讨好，还送来礼物。

亚伦　他能没有缘由，德米特律斯大人？您没对他女儿，友好相待[①]吗？

德米特律斯　情愿我们有一千个罗马女人，在那种围困中[②]，轮流满足我们的性欲[③]。

凯戎　一个仁慈的希望，充满爱心。

亚伦　只缺你们母亲在这儿说一声“阿门”[④]。

凯戎　她愿我们再多来两万个。

德米特律斯　来，我们走。去为身在产痛中，我们深爱的母亲，向所有神明祈祷。

亚伦　（旁白。）向群魔祈祷吧！众神丢弃了我们。

（喇叭奏花腔。）

德米特律斯　为何皇帝的号手吹这种号声？

---

① 亚伦在此有反讽口吻，意即您不是享用过他女儿（拉维妮娅）了吗？

② 原文为“At such a bay”。“bay”（围困猎物）为狩猎用语，指猎物被逼入绝境，与追猎者面对面。

③ 参见《新约·罗马书》13:9—10：“法律的命令规定：‘不可奸淫，不可杀人，不可盗窃，不可贪心。’……一个爱别人的人，不会做出伤害他人的事。”

④ 参见《旧约·诗篇》106:48：“愿上主——以色列的上帝得到称颂，/ 从亘古直到永远！/ 愿万民同声说：阿门！”

凯戎　　　　八成是皇帝喜添贵子。

德米特律斯　　稍等！谁来了？

（一奶妈怀抱一黑皮肤摩尔婴儿上。）

奶妈　　　　早安，各位大人。——啊！告诉我，您看见摩尔人亚伦了吗？

亚伦　　　　嗯，或多[①]或少见着一点儿，不然，就是一丁点儿没见着[②]。亚伦在这儿，眼下找亚伦干什么？

奶妈　　　　啊，仁慈的亚伦，我们全要完蛋。赶紧补救，否则，灾祸永远降临你身上！

亚伦　　　　哎呀，你一声声叫得像猫闹春！笨手笨脚的你怀里裹的什么东西？

奶妈　　　　啊！我愿这东西避开上天之眼[③]，它是我们皇后之耻，庄严的罗马之辱！——她被送走了，各位——她被送走了[④]。

亚伦　　　　送谁了？

---

① 或多(more)：与“摩尔人”(Moor)谐音双关。

② 原文为“ne'er a whit”。“a whit”或与“white”(白人)双关，意即不然，就是一丁点儿白皮肤没见着。

③ 原文为“that which I would hide from heaven's eye”。“上天之眼”代指太阳。朱生豪译为：“我但愿把它藏在不见天日的地方。”梁实秋译为：“这东西我愿藏在不见天日的地方。”

④ 送走了(delivered)：具双关意，一个意思是送走，另一个意思是女人生孩子。

奶妈　　我是说,送到床上了。

亚伦　　好,愿上帝让她好好歇息!他给她送的啥?[①]

奶妈　　一个魔鬼。

亚伦　　哎呀,那她就是魔鬼他娘。一个快乐的结果[②]。

奶妈　　一个不快、不祥、黢黑、悲哀的结果。这是那婴儿,在我们地区皮肤白皙的生养者中间[③],像只癞蛤蟆一样让人讨厌。皇后把它送给你,上面打着你的标记,盖着你的印章,叫你用你的刀尖儿为他施洗。

亚伦　　以耶稣的伤口起誓[④],你这婊子!黑,颜色如此下贱?——(向婴儿。)甜美的胖娃娃,你是朵美丽的花,真的。

德米特律斯　　恶棍,你干了什么事?

亚伦　　你们毁不掉的事。

凯戎　　你毁了我们的母亲。

亚伦　　恶棍,我干了你母亲。

---

① 原文为"What hath he sent her?"意即他(上帝)让她生了个什么?

② 结果(issue):具双关意,亦指"后代"(offspring),即一个讨喜的孩子。

③ 原文为"Amongst the fair-faced breeders of our clime"。意即在我们国家白皮肤的妈妈们中间。朱生豪译为:"把他放在我们国里那些白白胖胖的孩子们的中间。"梁实秋译为:"在我们国度里最白净的婴儿中间。"

④ 以耶稣的伤口起誓('Zounds):"皇家版"作"该咒的"或"滚开!"(Out)。

德米特律斯　正因为这样，丑公狗，你毁了她。她倒了大霉，竟做出这该受诅咒的恶心选择！这种邪恶的魔鬼崽子该受诅咒下地狱！

凯戎　叫他活不成。

亚伦　他不能死。

奶妈　亚伦，它非死不可。这是他母亲的意愿。

亚伦　怎么，奶妈，非死不可？那除了我，不让任何人在我的血肉上执行死刑。

德米特律斯　我要把这蝌蚪，挑在长剑的剑尖上。奶妈，把它给我。我的剑很快弄死它。

亚伦　这把剑，能更快挖出你内脏。（从奶妈手里抱过孩子；拔剑。）——慢着，凶残的恶棍！想杀死你们弟弟？现在，我以天上点燃的那些细支小蜡烛起誓，当初这孩子，在那烛光如此闪耀下受孕，谁敢碰我这头胎儿子兼继承人，叫他死在我这短弯刀锐利的剑尖上。告诉你们，年轻人，就算恩克拉多斯[①]，甭管仰仗提丰全家一大窝所有凶恶的孩子，还是伟大的阿尔喀德斯[②]，或战争

---

① 恩克拉多斯（Enceladus）：古希腊神话中的百臂巨人，是提丰（Typhoon）众多儿子之一，因反抗众神，被雅典娜一击毙命，葬于西西里埃特纳火山下。提丰：古希腊神话中最可怕的怪物，曾把主神宙斯打残。

② 阿尔喀德斯（Alcides）：古希腊神话中大力神赫拉克勒斯（Heracles）的本名。

之神[1]，都休想把这猎物从他父亲手里抓走。什么，什么，单凭你们两个红脸、胆怯的孩子！你们这刷成白色的墙！[2]你们这麦芽酒馆的招幌[3]！炭黑胜过别的颜色，它蔑视那上面显出其他颜色。哪怕天鹅时刻在大海里冲洗，倾尽海洋之水也无法把黑腿变白。把我的话告诉皇后，我这年纪，该有自己的孩子，——怎么找借口，尽她所能。

德米特律斯　你要这样背叛女主人？

亚伦　女主人是女主人，这孩子，是我自己的，——是我青春的活力和形象。在整个世界面前，我更在乎这孩子。不顾整个世界，我也要保这孩子安全，否则，你们有人要在罗马遭罪[4]。

德米特律斯　因为这孩子，我母亲将永远蒙羞。

凯戎　罗马将因这可耻的私奔[5]鄙视她。

奶妈　皇帝，一怒之下，会判她死刑。

---

① 战争之神：应指古希腊神话中的战神、宙斯与赫拉之子阿瑞斯(Ares)。

② 参见《新约·使徒行传》23:3："保罗对他说：'你这粉饰的墙，上帝要击打你！'"

③ 指廉价的、粗略涂抹白人图像的酒馆招牌。

④ 遭罪(smoke)：或指绑在火刑柱上受罚。

⑤ 可耻的私奔(foul escape)：指塔摩拉与亚伦的奸情。

凯戎	一想起这耻辱,我都脸红。
亚伦	哎呀,这是你们白脸享有的特权。呸,不牢靠的颜色,它会因脸红,出卖内心的私密演出与机密！这是另一种肤色造就的小男孩儿。瞧这黑恶棍,向他父亲面露微笑,活像在说:"老家伙,我是你亲生的。"他是你们的小弟,二位大人,显然,是那先给了你们生命的同一血脉喂养的,而且,他也是从那囚禁过你们的胎宫里释放出来的,迎来天光。不,他脸上盖着我的印章,可他是你们的同母弟弟。
奶妈	亚伦,我怎么给皇后回话?
德米特律斯	想一下,亚伦,该怎么办,你的意见,我们都赞同。只要大家都平安,你就保全这孩子。
亚伦	那坐下,大家合计一下,我儿子和我,要守在你们下风口[①]。坐那儿别动。现在,你们随意商讨自身安全。(他们坐下。)
德米特律斯	(向奶妈。)有多少女人,见过这个孩子?
亚伦	哎呀,对喽,二位勇敢的大人！我们结盟

① 原文为"My son and I will have the wind of you"。"下风口"为狩猎用语。猎人追猎时,守在下风口,猎物嗅闻不到气味,利于猎人监视追踪猎物。

之时，我成了羔羊。但假如你们向摩尔人挑战，狂怒的野猪、山地母狮[①]、汹涌的大海，都比不过亚伦的暴风雨。——（向奶妈。）再说一遍，有多少人见过这孩子？

奶妈　　接生婆科妮莉娅和我，除了生下孩子的皇后，再没别人。

亚伦　　皇后、接生婆，还有你。去掉第三个，两人就能守秘密。去见皇后，告诉她，这话我说的。——（亚伦拔剑杀奶妈。）吱，吱！[②]——准备上烤肉叉的猪就这样叫。

德米特律斯　　亚伦，你这什么意思？你为何这么做？

亚伦　　主啊！先生，这是权宜之计。——一个说三道四瞎胡扯的长舌妇，让她活命，好泄露我们这桩罪恶？不，二位大人，不。现在，把我整个意图告诉你们。我有个同乡，穆里，住在不远处。昨夜，他老婆刚生完孩子，那孩子长相随她，和你们一样白净。我去找他商量，给这位母亲些金子，把所有情形告诉他们俩，——由此，他们的孩子日后将怎样提升，代替我儿子之位，成为皇帝的继承人，以平息宫廷里这

---

① 山地母狮（mountain lioness）：即雌性美洲狮。

② 吱，吱（Weke, weke）：亚伦模仿奶妈被杀时发出的叫声。

场飞旋的暴风雨,而且,让皇帝把他当亲儿子放在膝上抚弄。你们听好,二位大人。你们看,我给她用了药[①],(手指奶妈。)你们务必给她弄个葬礼。附近是田野,你们都是有朝气的小伙子。办妥之后,别耽误工夫,立刻把接生婆弄来见我。把接生婆和奶妈清除干净,到那时,让女人们随便嚼舌头。

凯戎　亚伦,我看你,有了秘密,连空气都信不过。

德米特律斯　为你如此关照塔摩拉,她自己及家人,深表感谢。(德米特律斯与凯戎抬奶妈尸体下。)

亚伦　现在去找哥特人,迅疾如飞,像燕子一样。把我怀里这珍宝安置在那里,再偷偷去见皇后的朋友们。——来,你这厚嘴唇的小恶棍,我要带你离开这儿。正是你,让我们采用权宜之计。我要让你以浆果和草根为食、以凝乳和乳清为食,喝山羊奶,寄居洞穴。我要将你养大,成为一名勇士,统率一支大军。(下。)

① 此为亚伦讽刺口吻,意即我杀了她。

第三场

罗马，一广场

［泰特斯上，携一束箭，箭端系信件；马库斯、男童（小路西乌斯）、普布利乌斯、桑普洛尼乌斯、盖乌斯及其他贵族，持弓随上。］

泰特斯　来，马库斯，来。——亲戚们，这条道。——男孩先生，现在让我观看你的箭术。务必把弓拉到家，才能射中目标。“阿斯特莱亚已离开尘世”[①]，要记住，马库斯，她已经走了，她逃走了。——先生们，都拿起工具。亲戚们，你们去探测海洋深度，把网撒入海中。或许能在海里找见她。但那里也几无正义，和在陆地一样。不，普布利乌

① 此句原为拉丁文“Terras Astraea reliquit”，意即“阿斯特莱亚已离开尘世”，源自奥维德《变形记》第1卷第150行。阿斯特莱亚（Astraea）：古罗马神话中的正义女神，在古希腊神话中为阿斯特莉亚（Astraia），意即“星女”，亦称“群星女神”“纯洁女神”，形象为生有双翼、手持火炬、散发光芒的少女。阿斯特莱亚在“黄金时代”，与人类同住，掌管及审判人间善恶，后对“黑铁时代”人性的恶失望至极，回到天庭，化为“处女星”。

斯和桑普洛尼乌斯，你们务必去做，一定要用鹤嘴锄、用锹铲去挖，刺破大地最深的核心。然后，等你们进入普鲁托[1]的地界，请把这封请愿书交给他。告诉她，这祈求正义、恳请救助的请愿书，出自老安德洛尼克斯之手，他在忘恩负义的罗马，在悲痛中发抖。——啊，罗马！嗯，好吧，我使你痛苦，当时，是我把民众的赞成票，投给这个对我如此凌虐之人。——去吧，你们都去，请大家留心，没搜过的战船，别放过一艘。这邪恶的皇帝可能已把她[2]用船运走，亲戚们，那我们寻找正义，就枉费徒劳。

马库斯　　啊！普布利乌斯，看你高贵的伯父如此癫狂，这惨状令人痛心吧？

普布利乌斯　　所以，父亲，我们要格外留意，对他日夜精心照料，对他的脾气，尽可能体贴满足，直到时间产生抚慰的疗效。

马库斯　　亲戚们，他的苦痛无法补救。联合哥特人，以复仇的战争，向如此忘恩的罗马复

---

① 普鲁托(Pluto)：古罗马神话中的冥界之王。

② 她(her)：即正义女神。

仇，向叛徒萨特尼纳斯复仇。

泰特斯　　普布利乌斯，怎么样！怎么样，仁慈的先生们！怎么，你们遇见她了？

普布利乌斯　　没有，高贵的大人。但普鲁托捎话给您，您若要从地狱里紧握"复仇女神"，您能行。以圣母马利亚起誓，至于"正义女神"，他认为，她那么忙着，在天庭或别的什么地方，为周甫做事，所以难免，您必须得等一阵子。

泰特斯　　他不该拿拖延来喂养我。我要潜入地下燃烧的火湖，抓住她脚踝，把她从阿喀戎[①]拉出来。——马库斯，我们只是灌木，不是雪松，不是库克罗普斯[②]那样身形庞大、骨骼粗壮之人，但马库斯，我们有金属钢架的脊梁，只是，冤屈带来的痛楚，远非我们的脊梁所能承受。既然尘间、地狱都没有正义，我们要恳求上天、激发众神，派下"正义女神"，为我们的冤屈复仇。——来，进行吧。——马库斯，您是位好射手。（把箭给他们。）"射向周甫"，这支箭给您。这

① 阿喀戎（Acheron）：古希腊神话中地狱的冥河，亦泛指阴间。

② 库克罗普斯（Cyclops）：古希腊神话中的独眼巨人。

支,“射向阿波罗”。这支给我自己,“射向马尔斯”[①]。——这支箭,孩子,射向帕拉斯。——这支,射向墨丘利。——射向萨图恩[②],射向盖乌斯,不要射向萨特尼纳斯!那就像逆风射箭没效果。——射吧,孩子!——马库斯,我一下令,就放箭。——说实话,我都写明白了。没一位神,我没求过。

马库斯　亲戚们,把箭一齐射向宫廷。我们要让皇帝因其傲慢而痛苦。

泰特斯　现在,先生们,拉弓。(他们拉弓、放箭)。——啊!路西乌斯,射得好!好孩子,在“处女星座”大腿里射一箭[③]!给帕拉斯来一箭。

马库斯　大人,我对准离月亮一英里远的地方。这时,您的信在朱庇特手里。

泰特斯　哈,哈!普布利乌斯,普布利乌斯,你干了什么?看,看,你射掉金牛座[④]一只犄角。

马库斯　这是比赛,大人,当普布利乌斯放箭,一箭擦破公牛,公牛向白羊座撞去,白羊两只

① 此处原为拉丁文:“Ad Jovem”(射向周甫)、“Ad Apollinem”(射向阿波罗)、“Ad Martem”(射向马尔斯)。马尔斯(Mars):古罗马神话中的战神。

② 萨图恩(Saturn):传说中黄金时代的罗马国王。

③ 原文为“in Virgo’s lap”,此处含性意味。“处女星座”与阿斯特莱亚相关。

④ 金牛座(Taurus):马库斯在下句台词中,转以“公牛”(bull)代称。

角[1]坠落宫廷。除了皇后的仆人,谁能发现羊角!皇后笑了,告诉摩尔人,该选这两只角当礼物送献给他主人。

泰特斯　　嗯,送吧。愿上帝叫这位阁下快乐!

(一小丑提一篮上,内有两只鸽子。)

泰特斯　　消息!上天来的消息!马库斯,信差来了。——小子,什么消息?带了信来?我能否享有正义?朱庇特怎么说?

小丑　　嘀!那个造绞架的!他说,他又把绞架拆了,因为下礼拜,才把那个人吊死。

泰特斯　　但我问你,朱庇特怎么说?

小丑　　哎呀,先生,我不认识朱庇特。这辈子,我从没跟他喝过酒。

泰特斯　　哼,恶棍,你不是送信人吗?

小丑　　唉,送鸽子的,先生。不送别的。

泰特斯　　哎呀,你不是天庭来的?

小丑　　天庭?哎呀,先生,我从没去过那儿。上帝不许我在年轻日子里这样莽撞,向往天庭。哎呀,我正带鸽子去平民法庭,要调解我叔叔和皇帝一个侍从的争斗。

---

① 白羊两只角(both the ram's horns):角,在此暗指与人通奸的不贞妻子给丈夫戴了"绿帽子"。故马库斯想象,该把两只角当礼物献送给"他主人"萨特尼纳斯。

马库斯　　(向泰特斯。)哎呀,先生,正好能替您送请愿书,让他代您把鸽子送给皇帝。

泰特斯　　(向小丑。)告诉我,你能给皇帝送一封请愿书,又不失礼貌吗?

小丑　　不,真不行,先生。我这辈子从不说祈祷感恩的话。[1]

泰特斯　　小子,过来。别再大惊小怪,把你的鸽子送给皇帝,单凭我,你能在他手里拥有正义。稍等,稍等——这点儿钱给你用。——给我笔和墨水。(写。)——小子,你能不失礼貌地送一封请愿书吗?

小丑　　能,先生。

泰特斯　　那,这儿有封请愿书给你,(递信。)见了他,你务必先靠前下跪,然后吻他的脚,然后送上鸽子,然后等犒赏。我就在旁边,先生,瞧你体面行事。

小丑　　我向您保证,先生,包您满意。

泰特斯　　(向小丑。)小子,有刀子吗?来,让我看一眼。——马库斯,把它裹在请愿书里,因

① 上句泰特斯说"又不失礼貌"(with a grace),小丑在此接话,故意转为"说祈祷感恩的话"(say grace),意即我从不在餐前独自向上帝祈祷感恩。

为你让它像一份谦恭的请愿书[1]。——
(向小丑。)等你把它交给皇帝，来敲我的门，
告诉我他说了什么。

小丑　　上帝与您同在，先生。我会的。(下。)

泰特斯　　来，马库斯，我们走。——普布利乌斯，跟
我来。(众下。)

---

① 按"牛津版"，此处原文为"For thou hast made it like an humble suppliant"。朱生豪未译出。梁实秋译为："因为你已经把这封陈情书写得过分恭顺了。"按"皇莎版"，此句为泰特斯对小丑所说，原文为"For thou must take it like an humble suppliant"，则译为："因为您必须带着它，像一份谦恭的请愿书。"

第四场

罗马,皇宫前

(萨特尼纳斯、塔摩拉、德米特律斯、凯戎,众贵族及其他人上;萨特尼纳斯手持泰特斯所射之箭。)

萨特尼纳斯　哎呀,贵族们,这算什么冤屈!谁见过一个罗马皇帝这样受压、受困,这样遭顶撞,为执行公平正义,这样遭鄙视慢待?贵族们,你们知道,正如强大的众神所知,——无论这些和平的干扰者,怎样在民众耳边发出嗡嗡声,——我惩办老安德洛尼克斯两个任性的儿子,没任何违法之处。就算他的悲痛如此压倒理智,我就该在他的报复、他的发作、他的暴怒和他的刻毒之中,受这种折磨?现在,他为洗冤,给上天写信。看,这封"致周甫",这封"致朱庇特",这封"致墨丘利",这封"致阿波罗",这封"致战争之神"。——悦耳的纸卷在罗马街道上飞旋！这不纯属诽谤元老院，四处宣扬我的不公吗？一个极好的想法，贵族们，不是吗？好像谁会说，罗马无正义。但只要我活着，他的假意癫狂，就成不了这些胡言乱语的庇护所，[1]但他和他家人要知道，正义活在萨特尼纳斯的健康里。倘若正义女神入睡，萨特尼纳斯会唤醒她，她势必暴怒，剪断最骄狂的谋反者的性命。

塔摩拉　　仁慈的陛下，亲爱的萨特尼纳，我的生命之主，我思想的统帅，你要冷静，你要容忍泰特斯人老犯错，他失去勇敢的儿子，丧子之痛，将他刺透，他心底伤痕累累，宁可安慰他不幸的惨状，而非公诉为这些轻蔑之举负责的地位或高或低之人。[2]——（旁白。）哎呀，用这种方式骗人，正是塔摩拉聪明所在。但，泰特斯，我已伤及你的

---

① 原文为“his feigned ecstasies / Shall be no shelter to these outrages”。朱生豪译为：“我决不容忍他这样装疯装癫地掩饰他的狂妄行为。”梁实秋译为：“我是不能容他以佯狂来掩护这些狂妄的行为。”

② 原文为“And rather comfort his distressed plight / Than prosecute the meanest or the best / For these contempts”。朱生豪译为：“你应该安慰安慰他的不幸的处境，这种目无君上的行为，也就不必计较了。”梁实秋译为：“应该安慰他的不幸的处境，而不必惩治为这些事实负责的上上下下的人。”

要害，你生命之血流尽。如果亚伦此刻精明，那一切安全，抛锚入港。——

（小丑上。）

塔摩拉　怎么，仁慈的朋友，有话对我们说？

小丑　对，的确，如果尊驾是皇帝。

塔摩拉　我是皇后，皇帝在那边坐着。

小丑　就找他。——上帝与圣斯特凡[①]保佑您晚安。我这儿带给您一封信和一对鸽子。

（萨特尼纳斯读信。）

萨特尼纳斯　去，把他带走，立刻绞死。

小丑　我能得多少赏钱？

塔摩拉　来，小子，非绞死你不可。

小丑　绞死！以圣母起誓，这么说，我的脖子带来一个美妙的结局。（被押下。）

萨特尼纳斯　歹毒的、无可忍受冤情！我能容忍这可怕的罪恶？我知道这一伎俩从何而来。我能忍受吗？——好像他那两个反叛的儿子，因谋杀我兄弟被依法处死，是我一手冤杀所致！——去，拽住头发，把这恶棍

① 圣斯特凡（Saint Stephen）：第一个殉教的基督徒，为耶路撒冷早期教会执事。《新约·使徒行传》7：54载“斯特凡殉教”。

小丑

拖来。年龄也好,荣耀也罢,都形不成豁免权。为这一傲慢嘲笑,我要做你的刽子手,狡诈、发狂的坏蛋,你帮我身居帝位,原本想自己统治罗马和我。

(埃米利乌斯上。)

萨特尼纳斯　埃米利乌斯,有什么消息?

埃米利乌斯　备战,贵族们!——更多的备战理由,罗马前所未有。哥特人召集兵马,组成一支决心十足、意在毁灭的我们军队,在老安德洛尼克斯的儿子路西乌斯的统领下,向此地全力进军,他放狠话,这一复仇行动,要像当年科里奥兰纳斯[①]那样做。

萨特尼纳斯　勇猛的路西乌斯做了哥特人的首领?这些消息剪断我的生长,叫我垂下头,像霜冻的花朵,或像暴风雨击倒的青草。唉,眼下悲伤开始临近。这个人深受民众敬爱。我本人私自出行时,便常听人说,放逐路西乌斯,做错了,他们希望路西乌斯

① 科里奥兰纳斯(Coriolanus):全名盖乌斯·马西乌斯·科里奥兰纳斯(Gaius Marcius Coriolanus,公元前527—前488),古罗马传奇将军,原为外邦人,因军功擢升罗马将军,曾因参与政治被废黜率外族进攻罗马,最终抑郁而亡。莎士比亚据此写有《科里奥兰纳斯》,与《安东尼与克里奥佩特拉》并列莎士比亚最后两部悲剧。

来当皇帝。

塔摩拉 您为何要怕？我们的城市，不很坚固吗？

萨特尼纳斯 是的，但市民们偏爱路西乌斯，会反叛我，去援助他。

塔摩拉 君王，你的想法，要像你的尊号[①]一样威严。太阳变暗，蚊虫乱飞？老鹰让小鸟歌唱，才不在乎它们唱些什么，他明知自己双翅的暗影，能中止它们尽情的曲调[②]。你对善变的罗马人，最该这样。因此，打起精神。因为，要知道，你这皇帝，我要用比钓鱼诱饵更甜美或比羊吃三叶草[③]更危险的话，去迷惑老安德洛尼克斯，到那时，鱼咬钓饵就受伤，羊吃美食即烂肠。

萨特尼纳斯 但他不会为我们去求他儿子。

塔摩拉 若塔摩拉恳求，他就会。因为，哪怕他的心近乎坚不可破，两只老耳朵聋了，我也能讨好，用金贵承诺填饱他的老耳朵，他的耳朵和心，都仍然会听从我的舌头。——

---

① 你的尊号（thy name）：意即“萨特尼纳斯”（Saturninus）、“萨图恩”（Saturn）之意。

② 参见《旧约·诗篇》36:7：“上帝啊，你不变的爱多宝贵！/ 人都在你的翅膀下找到庇护。”57:1：“上帝啊，怜悯我，求你怜悯我，/ 因为我来投靠你。/ 我要在你的翅膀下求庇护，/ 直到灾难的风暴过去。”

③ 三叶草（honey-stalks）：羊多食三叶草会生病。

（向埃米利乌斯。）你先去，给我们当特使，说，皇帝请求勇猛的路西乌斯谈判，并安排见面，就选在他父亲老安德洛尼克斯的家里。

萨特尼纳斯　埃米利乌斯，这口信，要体面地送到。若他出于自身安全，坚持要人质，叫他提出最乐意的人选。

埃米利乌斯　您的命令，我充分执行。（下。）

塔摩拉　现在我要去见老安德洛尼克斯，用一切手段影响他，把骄傲的路西乌斯从好战的哥特人手里拽出来。现在，亲爱的皇帝，再欢快起来，把你的所有担心，埋入我的计谋。

萨特尼纳斯　那立刻去，恳求他。（众下。）

第五幕

民众拥护路西乌斯成为新王

第一场

罗马附近平原

(喇叭奏花腔。路西乌斯率一队哥特鼓手、士兵上。)

路西乌斯　久经沙场的勇士们,我忠实的朋友们,我收到一封信,来自伟大的罗马,信里表示对他们皇帝的难忍之恨,多么渴望见到我们。因此,伟大的领主们,凭各位头衔所彰显的高贵、威严,不能忍受冤屈[①]。但凡罗马给过你们丝毫伤害,让他三倍偿还。

哥特人甲　勇敢的,从伟大的安德洛尼克斯躯体剪下的枝条,他的名字曾令我们惊恐,如今成了我们的安慰。他的卓越功绩和荣耀事迹,忘恩的罗马竟以卑劣的蔑视回报。相信我们,我们愿追随你的引领,像酷热夏日里带刺的蜜

① 原文为"be, as your witness, Imperious, and impatient of your wrongs"。朱生豪译为:"愿你们一鼓作气,振起你们复仇的决心。"梁实秋译为:"就凭你们所拥有的衔称,你们就该奋发威风,志切复仇才对。"

蜂,在蜂王[①]的引领下,飞向花开的原野,向该受诅咒的塔摩拉复仇。

众哥特人　他说的,正是我们大家要说的。

路西乌斯　我谦恭地感谢他,也谢谢你们大家。——但那位强壮的哥特人,领来何人?

(一哥特人引亚伦怀抱婴儿上。)

哥特人乙　声名显赫的路西乌斯,我与队伍走散,去凝望一座损毁的修道院,当我急切地把眼睛盯在那毁坏的建筑上,突然听到墙下有婴儿的哭声。循声走近,即刻听见有人用这种话责骂啼哭的婴儿:“安静,棕色的[②]恶棍,一半我,一半你妈!若非肤色暴露你是谁的崽子,假如大自然只把你妈的模样给你,恶棍,你大可以做个皇帝。但如果公牛、母牛都是乳白色,永远生不出炭黑的牛犊。安静,恶棍,安静!”——他甚至这样训斥那婴儿,——“我必须把你交给一个信得过的哥特人,他一旦得知你是皇后的婴儿,会看在你母亲的情面上,对你深情相待。”一听这话,我拔出武器,冲过去,冷不防将他抓获,带到这儿,

① 蜂王(master):在莎士比亚时代,人们认为蜂后(queen bees)是雄蜂。
② 棕色的(tawny):摩尔人的肤色呈棕色,并非纯黑。

由您随意处置。

路西乌斯　啊，可敬的哥特人，这是夺去老安德洛尼克斯那只仁慈之手的魔鬼化身，这是取悦你们皇后双眼的那颗珍珠，这是他炽烈性欲的下贱果实。——(向亚伦。)说，斜白眼的恶棍，要把这个你魔鬼般面容活生生的翻版，带到哪儿去？为什么不说话？怎么，聋了吗？一声不吭？——士兵们，拿绞索！把他吊在这棵树上，私生崽子吊在他边上。

亚伦　别碰这孩子，——他是皇家血脉。

路西乌斯　长得太像他爹，绝不是好东西。——先吊死这孩子，好叫他看他抽搐。——这景象，更能折磨当父亲的灵魂。——拿个梯子给我。

(拿出一梯，亚伦被迫爬梯。)

亚伦　路西乌斯，保全孩子，(一哥特士兵接过孩子。)代我交给皇后。若能如此，我要向你透露惊奇之事，听了对你大有好处。若不肯，无论什么降临在我头上，我别不多言，只说一句——“复仇叫你们全烂掉！”

路西乌斯　说下去。如果你说的，我听了高兴，这孩子非但会活命，我还会派人抚养。

亚伦　听了高兴？哎呀，向你保证，路西乌斯，听了我要说的话，到时你的灵魂会受折磨。因为

亚伦和孩子

我肯定谈及谋杀、强奸和残害,黑夜里的行动,可憎的行为,邪恶、反叛、歹毒的阴谋,听了难免伤感,但这样做,又可引发悲悯。我要以死,把这些事全都埋葬,除非你向我发誓,我的孩子能活命。

路西乌斯　把心事说出来。我说,你的孩子能活命。

亚伦　你先发誓,我才能开始。

路西乌斯　那以什么为凭起誓[1]?你丝毫不信神,既如此,对一句誓言,如何能信?

亚伦　不信又有何妨?——的确,我不信。——但因为我知道,你虔信宗教,而且,心里有个你称之为良心的东西,还有二十种骗人的把戏、仪式,我曾眼见你小心恪守,由此,我才催你发誓。因为我知道,一个傻瓜会把手里的彩棍[2]当神灵,他以那神灵起誓,便能守住誓言[3],我要叫他向那个东西发誓。所以,甭管什么神,崇拜也好,崇敬也罢,你就凭那个立誓,发誓保我孩子的命,发誓抚养并把他

---

① 参见《新约·希伯来书》6:13:"当初上帝应许亚伯拉罕之时,因没比自己更大的为凭起誓,他便指着起誓。"

② 彩棍(bauble):指宫廷小丑(弄臣)手里的彩棍,彩棍顶端为一颗雕刻人头,此棍为其宫廷身份之象征。

③ 参见《新约·马太福音》5:33:"你们又听见古人的教训说:'不可违背誓言;在主面前所发誓言,必须履行。'"

养大,否则,我一丝一毫也不向你透露。

路西乌斯　那就以我的上帝为凭,向你发誓,我会的。

亚伦　先让你知道,他是我和皇后所生。

路西乌斯　啊,最贪得无厌的淫荡女人!

亚伦　啧,路西乌斯,跟你马上要听到的比起来,这堪称一件善举。是她两个儿子,杀了巴西阿努斯,他们割掉你妹妹的舌头,将她强奸,砍下她两只手,把她整弄[1]成你眼见的样子。

路西乌斯　啊,可憎的恶棍! 你管那叫整弄?

亚伦　哎呀,他们把她洗了、砍了、整弄一番,对他们来说,干这种事,算美妙的娱乐。

路西乌斯　啊,残暴的、野兽般的恶棍,像你一样!

亚伦　没错,我是指导他们的老师。他们那贪淫的天性来自母亲,她永保这牌局稳赢不输。他们那血腥的头脑,我想,是跟我学的,真像一条永打头阵的狗[2]。——好,让行为做自我价值的见证人。我把你两个弟弟诱到那处欺诈的深坑,巴西阿努斯的死尸躺在里面。我写好你父亲找见的那封信,把信里提到的金子藏起来,我与皇后和她两个儿子是同

---

① 整弄(trimming):具双关意,暗指猥亵。

② 真像一条永打头阵的狗(as true a dog as ever fought at head):此处借在斗熊游戏中,敢于冲向前去撕咬熊的烈性狗,形容德米特律斯和凯戎之血腥。

谋。所做哪一件令你懊悔之事，里面没有我鼓捣的恶作剧？我扮演骗子，骗了你父亲一只手，骗到之后，躲到一旁，过度的笑声几乎把我的心笑破。透过一条墙缝，我瞅见，他一只手换来两个儿子的两颗头，看他落泪，我笑得那么开心，笑出的眼泪，活像他眼里的泪雨。当我把这场消遣告知皇后，这迷人的故事令她狂喜不已，为这消息，她吻了我二十回。

哥特人甲　怎么！满嘴这种话，你一点儿不脸红吗？

亚伦　对，如俗话所说，脸红似黑狗[①]。

路西乌斯　干下这些令人发指的坏事，你不愧疚吗？

亚伦　唉，可惜没再多干一千件。即便眼下，我也诅咒那日子[②]——不过，我想，很少有谁进入我的诅咒范围[③]，——在这范围里，我干的，全都是劣迹昭彰的坏事[④]，比如杀人，或想法

① 脸红似黑狗（to blush like a black dog）：意即厚颜无耻。

② 意即我也诅咒没干下一千件坏事的日子。原文为“that I had not done a thousand more. / Even now I curse the day”。朱生豪译为：“我只悔恨自己不再多犯下一千件的罪恶，现在我还在诅咒这命运不给我更多的机会哩。”梁实秋译为：“我抱歉的是，命运能再多做出一千桩来。就是在这个时候我还是要诅咒我的运气不够好。”

③ 意即该杀的我都杀了。原文为“Few come within the compass of my curse”。朱生豪译为：“在受到我的诅咒的那些人们中间，没有几个能够逃得过我的恶作剧的簸弄。”梁实秋译为：“被我诅咒过的人很少能不遭我的毒手。”

④ 原文为“Wherein I did some notorious ill”。朱生豪、梁实秋均未译。

弄死他；强奸少女，或设计奸淫她；指控清白之人，自己发假誓；将朋友置于可怕的怨恨；把穷人家的牛折断脖颈；夜里点燃谷仓和干草堆，叫物主们用泪水去灭火。我常从坟墓里挖出死人，把他们直立在好友门前，哪怕此时朋友们已忘却悲伤。在他们的皮肤，像在树皮上一样，我用刀刻下罗马字母“哪怕我死去，莫让你的悲伤消亡”。啧，我干过一千件可怕的事，像弄死一只苍蝇那样欣然，的确，除了不能再干一千件坏事，没什么能让我伤透心。

路西乌斯　把这魔鬼带下来，别立刻吊死他，这死法，太合他心意。（亚伦被迫从梯子上下来。）

亚伦　如果有魔鬼，我愿是个魔鬼，活在永恒之火里燃烧，那样，在地狱里我能与你相伴，但我要用怨恨的舌头折磨您[①]。

路西乌斯　先生们，堵住他的嘴，不许他再说。（亚伦的嘴被塞住。）

（一哥特人上。）

哥特人　大人，罗马来了个使者，恳请相见。

---

① 参见《新约·马太福音》25:41:“走开！受上帝诅咒的人哪，你们离开我吧！进到那为魔鬼和他的爪牙预备的永不熄灭的火里。”

路西乌斯　　让他前来。

（埃米利乌斯上。）

路西乌斯　　欢迎，埃米利乌斯！罗马有什么消息？

埃米利乌斯　　路西乌斯大人，各位哥特诸侯，罗马皇帝派我向大家致意。既然获悉您在备战，他恳请在您父亲家里谈判，您想要什么样的人质，可立刻送来。

哥特人甲　　将军意下如何？

路西乌斯　　埃米利乌斯，让皇帝向我父亲和马库斯叔叔作出保证，我们就来。——行进，出发！

（喇叭奏花腔。众下。）

第二场

罗马，泰特斯家门前

（塔摩拉、德米特律斯及凯戎，化装上。）

塔摩拉　像这样，穿一身奇怪、阴郁的服装，我去会见安德洛尼克斯，说我是复仇女神，地狱王国派我来，和他一起纠正他滔天的冤屈。敲他的书房门，听说他藏身在此，沉思默想奇怪、可怕的复仇计划。告诉他，复仇女神来与他会合，对付、毁灭他的敌人。（他们敲门。）

（泰特斯自上方出现，打开书房门。）

泰特斯　谁来干扰我沉思？莫非你想骗我开门，好叫我严肃地决定飞走，叫我的一切深思失效？您失望了，因为我想要做的，看这儿，我已写下血腥的文字，记了什么，都要执行。

塔摩拉　泰特斯，我来和你交谈。

泰特斯　不，半个字不谈。少一只手，不打手势，如何点缀交谈？你比我有优势，所以没的谈。

塔摩拉　若认得我，就愿意谈了。

泰特斯　我没疯，十二分地认得你。这悲惨的残肢作证，这些猩红的文字①作证，这些由悲伤和烦恼造出来的皱纹作证，这累人的白昼和伤心的黑夜作证，一切悲痛作证，我十分认得你，我们骄傲的皇后，强大的塔摩拉。难道你为我的另一只手而来？

塔摩拉　你这悲伤之人，要知道，我不是塔摩拉。她是你敌人，我是你朋友。我是复仇女神，地狱王国派来，向你的敌人施行雪恨的复仇，以此减缓你心底兀鹰的啮咬。下来，欢迎我来这世间的光明，一同商议谋杀与死亡。每一处中空的洞穴或潜伏之地，每一处巨大的黑暗或迷雾的溪谷，凡有血性的谋杀或可憎的强奸，因恐惧藏身其中，我都能把他们找出来，并在他们耳畔，告知我可怕的名字——复仇女神，——这名字令奸诈的罪犯发抖。

泰特斯　你是复仇女神？派你找我，去拷问我的敌人？

塔摩拉　是。因此，下来，欢迎我。

泰特斯　来见你之前，为我做点儿事。瞧，“强奸”和“谋

---

① 猩红的文字（crimson lines）：指前文所提“写下血腥的文字”。

杀”站在你身旁，现在交出担保，证明你是复仇女神。刺死他们，要么，用你的战车轮子把他们碾碎，随后我就来当你的车夫，同你一起环球飞旋。为你准备两匹骏马，色如煤玉，拉着你复仇的四轮马车一路飞奔，把藏身罪恶洞窟的凶犯们找出来。当你的战车驮满他们的脑袋，我就下来，像个恭顺的仆从，成天在你车轮旁疾行，哪怕从亥伯龙神[①]升起的东方，直到他坠入大海。只要你杀掉站在你身旁的“强奸”和“谋杀”，我情愿日复一日干这繁重的差事。

塔摩拉　这些是我的帮手，与我同来。

泰特斯　这些是你的帮手？怎么称呼？

塔摩拉　“强奸”和“谋杀”，之所以这么叫，因为他们要向这类人复仇。

泰特斯　仁慈的主，他们那么像皇后的两个儿子！你又那么像皇后！但我们尘世之人，长着一双可怜、疯狂、会看错的眼睛。啊，温柔的复仇女神！现在我来见你。假如一只手臂拥抱能使你高兴，我马上凭一只手臂来拥抱。（自上方下。）

塔摩拉　同意了，这与他的疯狂相配。无论我捏造什么

---

① 亥伯龙神（Hyperion）：古希腊神话中宙斯之前十二提坦天神之一，也是阿波罗之前的太阳神，又译“许佩里翁”。

为让他疯狂发作，你们都要拿言语来支持、维护，因为他现在坚定地把我当成复仇女神。既然疯狂的想法产生轻信，我要他派人召回他儿子路西乌斯。在宴席上稳住他，同时，我要立刻找出狡猾的计谋，使不牢靠的哥特人分开四散，或至少把他们变成他的敌人。——看，他来了，我必须实施计划。

（泰特斯上主台。）

泰特斯　我孤冷日久，一切为了你。可怕的复仇女神，欢迎来我悲惨的家。——“强奸”和“谋杀”，也欢迎你们。——你们多么像皇后和她的两个儿子！再加一个摩尔人，你们便装配齐全。——这样一个魔鬼，整个地狱都给不了你？因为我知道，皇后从不闲逛[1]，除非有一个摩尔人相伴。您若想正确演好我们的皇后，非有这个魔鬼不可。但您空身而来，我还是欢迎。我们该怎么做？

塔摩拉　要我们为你做什么，安德洛尼克斯？

---

① 闲逛（wags）：含性意味，指塔摩拉只在能与摩尔人在一起时，才出门在外搞性事。

德米特律斯　把凶手指给我,我来处置他[1]。

凯戎　把犯下强奸罪的恶棍指给我,我去向他复仇。

塔摩拉　把一千个害过你的人指给我,我要向他们所有人复仇。

泰特斯　(向德米特律斯。)环顾罗马罪恶的街道,当你找见一个人,那样子像你自己,仁慈的"谋杀",就刺死他。他是个凶手。——(向凯戎。)你跟他同去。当又找见一个人,长得像你,仁慈的"强奸",就刺死他。他是个强奸者。——(向塔摩拉。)你和他们一起去,在皇帝宫廷里,有位皇后,摩尔人服侍左右。——你凭自己的身形,准能一眼认出她,因为她从头到脚,哪儿都像你。我求你,用什么暴力弄死他们。他们对我和我的家人,一直用暴力。

塔摩拉　你把我们教得很明白。我们要这样做。只是,仁慈的安德洛尼克斯,是否愿把路西乌斯,你三倍英勇的儿子召回,叫他来你家参加宴会,他正率一队好战的哥特人进军罗马。等他到了这儿,就在庄严

① 我来处置他(I'll deal with him):意即我杀掉他。

的盛宴上，我把皇后和她两个儿子，皇帝本人，你所有的敌人，都带来，让他们俯身下跪，由你发落，向他们发泄你的愤怒之心。这个计划，安德洛尼克斯意下如何？

（马库斯上。）

泰特斯　马库斯，我的弟弟！悲痛的泰特斯在叫你。去，温情的马库斯，去找你侄子路西乌斯。——能在哥特人中打听到他。——命他前来，把最重要的几位哥特首领一同带来。命他的士兵们原地扎营。告诉他，皇帝和皇后也来出席我的家宴，要他与他们同宴。出于兄弟情爱，此事有劳你。若看重年迈父亲的命，让他速来。

马库斯　我这就去，很快返回。（下。）

塔摩拉　现在我要去为你办事，带两个帮手同行。

泰特斯　不，不，让“强奸”和“谋杀”留下陪我，不然，我把弟弟叫回来。除了路西乌斯，复仇谁也指望不上。

塔摩拉　（向俩儿子旁白。）孩子们，你们怎么看？你们愿留下陪他吗？我去告诉我的皇帝主人，我怎样操控这场定好的玩笑。顺着他的脾气，说奉承话，讨好他，陪着他，等

	我回来。
泰特斯	(旁白。)他们我都认识,尽管他们认定我疯了,我要让他们在自设的骗局里骗倒自己①,——一对该诅咒的地狱猎犬及其狗老娘!
德米特律斯	(旁白。)母亲,放心去。这儿有我们。
塔摩拉	再见,安德洛尼克斯。复仇女神现在动身,——去设下一个阴谋,陷害你的敌人。
泰特斯	我知道你能。亲爱的复仇女神,再见。(塔摩拉下。)
凯戎	告诉我们,老头子,要我们干什么?
泰特斯	啧,要你们干的活儿多啦。——普布利乌斯,来吧。——盖乌斯、瓦伦丁!

(普布利乌斯、盖乌斯与瓦伦丁上。)

普布利乌斯	您有何吩咐?
泰特斯	这俩人你认识?
普布利乌斯	皇后的两个儿子,想必是,凯戎和德米特律斯。
泰特斯	呸,普布利乌斯,呸!错得太离谱。——

① 原文为“And will o'erreach them in their own devices”。朱生豪译为:“他们想用诡计愚弄我,我就将计就计,把他们摆布一下。”梁实秋译为:“我要将计就计地让他们作法自毙。”

一个叫“谋杀”，另一个叫“强奸”。因此，仁慈的普布利乌斯，把他们捆起来。——盖乌斯和瓦伦丁，还不动手！——你们常听我说，盼有这样的时刻，现在，时候到了。所以，捆紧他们，若开口喊叫，就堵上嘴。（下。普布利乌斯等人抓住凯戎和德米特律斯。）

凯戎　　恶棍，住手！我们是皇后的儿子。

普布利乌斯　　就为了这个，我们照令执行。把嘴堵严，不许他们吐半个字。——（向手下人。）捆紧了吗？看你们能捆多紧。

（泰特斯偕拉维妮娅上；泰特斯执刀，拉维妮娅拿一盆。）

泰特斯　　来，来，拉维妮娅。看，你的敌人被捆了起来。——先生们，把嘴堵上，别让他们开口，但要让他们听我说可怕的话。——啊，两个恶棍，凯戎和德米特律斯！这儿站着一泓泉水[①]，你们用淤泥将她弄脏。这个美好的夏日，和你们的冬季混杂。你们杀了她丈夫，为这邪恶之罪，她两个兄弟被判死刑，我的手被砍断，变成令人开心的玩笑。她两只柔嫩的手，她的舌头，

① 一泓泉水（the spring）：代指拉维妮娅。

泰特斯执刀

比双手和舌头更珍贵的，是她无瑕的贞洁，被你们，没人性的叛贼，施暴、强奸。我若让你们开口，你们有何话讲？恶棍！你们没脸乞求恩典。听着，坏蛋，我要怎么弄死你们。我用剩下的这只手，切断你们的喉咙，与此同时，拉维妮娅两条残肢抱住那个盆，接收你们的罪恶之血[1]。知道吧，你们母亲意图与我同席共宴，还自称复仇女神，以为我疯了。——听着，恶棍！我要把你们的骨头碾成粉，再用你们的血，把它调成面糊。我要用面糊弄个大馅饼皮，把你们可耻的脑袋做成两个肉饼。叫那婊子，你们渎神的恶娘，像大地一样，吞下自己的骨肉。[2]这就是我叫她来赴的宴席，这就是她要饱餐的盛宴。因你们对我女儿，比那坏蛋对菲洛米拉更坏，我复起仇来，比普洛克涅[3]更凶。现

① 参见《旧约·创世记》4:11:“地开了口，从你(该隐)手里接受你兄弟的血。”

② 参见《旧约·民数记》16:30—34:“但如果上主做一件闻所未闻的事，地裂开，吞下这些人和他们所属的东西，使他们活活掉进阴间，……地在他们上头又合拢起来，他们就不见了。所有在场的以色列人听见他们号哭，就都逃跑，喊着说:‘快跑！恐怕地也要吞灭我们。’”

③ 普洛克涅(Progne):在古希腊神话中，其因丈夫忒柔斯将妹妹菲洛米拉强奸，姐妹俩携手报复，杀死忒柔斯之子伊提斯(Itys)，将其做成肉饼给忒柔斯吃。

在,你们备好喉咙。——拉维妮娅,来。(他切断二人喉咙。)接血,等他们一死,让我把他们的骨头碾成粉末,用这可憎的血调和。把他们邪恶的脑袋裹上那面糊,烘烤。来,来,人人出把力,弄好这场盛宴,我希望能见证,它比“人马怪”[①]的盛宴更凶暴、血腥。好,——现在把他们抬进去,因为我要扮演厨师,在他们母亲来之前,眼见把他们弄好。(抬两具死尸;众下。)

① “人马怪”(Centaurs):古希腊神话中,提修斯的密友、拉皮斯人(Lapith)之王皮瑞苏斯(Pirithous)邀半人半马怪参加婚礼,酒过三巡,生性淫荡的人马怪欲夺新娘,双方动手血战。最终,在提修斯帮助下,拉皮斯人打败人马怪。

第三场

罗马，泰特斯家中大厅，摆上桌案

（路西乌斯、马库斯与哥特人，押俘虏亚伦上。）

路西乌斯　　马库斯叔叔，既然返回罗马，是我父亲的意思，我同意。

哥特人甲　　不管何种命运降临，我们与你目的一致。

路西乌斯　　仁慈的叔叔，您带上这残暴的摩尔人，这贪婪的老虎，这该诅咒的魔鬼。让他得不到食物，戴上脚镣，一直把他带到皇后面前，为她的罪恶行为作证。看我们设伏的朋友，是否够数，恐怕皇帝对我们不怀好意。

亚伦　　有魔鬼在我耳边悄声诅咒，提示我，该用舌头，把愤怒心底的歹毒恶意，发出来！

路西乌斯　　滚，没人性的狗！渎神的奴隶！——先生们，帮我叔叔把他押走。（数名哥特人押亚伦下。内喇叭奏花腔。）这号角声表明，皇帝近在眼前。

（萨特尼纳斯与塔摩拉，偕埃米利乌斯、众元老、护民官及其他人上。）

萨特尼纳斯　　怎么，天上多了个太阳？

路西乌斯　　自称太阳，对你有什么好处？

马库斯　　罗马的皇帝，侄子，停止争辩[①]。这些争执必须和平商讨。心怀悲痛的泰特斯，备好宴席，这注定有一个荣耀的结局，为和平、为友爱、为盟约，和罗马的好运。[②]所以，请你们，入席，就坐。

萨特尼纳斯　　马库斯，我们就来。（奏双簧管。抬出一桌。）

［泰特斯，一身厨师装扮，将肉放在桌上；拉维妮娅脸蒙面纱，与小路西乌斯（男童）及其他人上。］

泰特斯　　欢迎，我仁慈的陛下。——欢迎，崇敬的皇后。——欢迎你们，英勇的哥特人。——欢迎，路西乌斯。——欢迎各位。食物微薄，尚能果腹。请慢用。

萨特尼纳斯　　为何这身装扮，安德洛尼克斯？

泰特斯　　因招待陛下和皇后，我要亲手操持一切。

---

① 停止争辩（break the parle）：按“皇莎版”释义，意为“开始谈判”。

② 原文为“The feast is ready which the careful Titus Hath ordained to an honourable end, For peace, for love, for league, and good to Rome”。朱生豪译为：“殷勤的泰特斯已安排好一席盛筵，希望在杯酒之间，两方面重敦盟好，恢复和平，使罗马永享安宁的幸福。”梁实秋译为：“心情沉痛的泰特斯为了获致光荣的结果已经备好了一席盛筵，是为了和平，友爱，盟好和罗马的福利而设。”

塔摩拉　　我们感激您，好心的安德洛尼克斯。

泰特斯　　（向塔摩拉。）陛下，您若知我心，自会感激。——（向萨特尼纳斯。）皇帝陛下，请为我解除这个疑问：冲动的弗吉尼乌斯[①]因女儿遭强暴、受玷污、被夺去贞洁，亲手杀了她，这样干好吗？

萨特尼纳斯　　好啊，安德洛尼克斯。

泰特斯　　您的理由，强大的陛下？

萨特尼纳斯　　那姑娘不该忍辱苟活，她一露面，他会不断徒生悲伤。

泰特斯　　一个强大、有力、奏效的理由。一个范例，早先活生生的见证，因为我，最悲惨之人，要上演同样一幕。（揭去拉维妮娅的面纱。）——死吧，死吧，拉维妮娅，你的耻辱和你一起去死。你父亲的悲痛和你的耻辱，一同死去！（杀死拉维妮娅。）

萨特尼纳斯　　你干了什么？没人性、没人情[②]！

---

① 弗吉尼乌斯(Virginius)：相传古罗马"百夫长"弗吉尼乌斯(公元前340—前273)因担心女儿弗吉妮娅(Virginia)可能遭受阿庇乌斯·克劳迪斯(Appius Claudius)强奸，先亲手将女儿杀死。克劳迪斯出身罗马贵族，是罗马共和国时代政治家，父亲盖乌斯·克劳迪斯·克拉苏(Gaius Claudius Crassus)曾于公元前337年出任独裁官。事实上，弗吉妮娅未遭强奸。换言之，莎士比亚在此将故事改写。

② 没人性、没人情(unnatural and unkind)，朱生豪译为："你这不慈不爱的父亲？"梁实秋译为："这样的伤天害理？"

泰特斯　杀了她，为她，我哭瞎了双眼。我和当年弗吉尼乌斯一样悲惨，干下如此暴行，我的理由比他多出一千倍。——现在干完了。

萨特尼纳斯　怎么，有人强奸了她？说，谁干的？

泰特斯　请您吃一点儿？请陛下吃上一点儿？

萨特尼纳斯　你为什么杀自己独生女儿？

泰特斯　不是我，是凯戎和德米特律斯。他们强奸了她，割下了她的舌头，他们，就是他们，对她犯下这一切罪恶。

萨特尼纳斯　去，立刻把他们找来。

泰特斯　哎呀，他们俩都在这儿，放那肉饼里烤过，他们的母亲吃自己生养的骨肉，吃得有滋有味。这是真的，这是真的，为我锋利的刀尖作证。（杀塔摩拉。）

萨特尼纳斯　发疯的混蛋，干下这该诅咒的恶行，去死！（杀泰特斯。）

路西乌斯　儿子岂能眼见父亲流血？一报还一报[①]，干下杀人之事，去死！（杀萨特尼纳斯。一场骚乱。路西乌斯、马库斯及其他人，上楼座。）

马库斯　你们这些满脸悲伤之人，罗马的民众、子

---

① 参见《新约·马太福音》7:2:“因为上帝要用你们评判人的标准来审断你们，也要用你们衡量别人的尺度来衡量你们。”

孙，骚乱使你们分离，像暴风雨巨大阵风中一群四散的鸟儿，啊！让我教你们，如何把这散乱的稻谷重新捆成一整束，把这折断的四肢重新结为一个躯体。否则，罗马将成为谋害自己的凶手，强大王国曾向她屈膝行礼，如今她像个被丢弃的、绝望的漂流者，要在自己身上执行可耻的死刑。倘若这结霜的标志和岁月的裂痕①，我真实经历严肃的证人，引不起你们听我说话，——（向路西乌斯。）那你来说，罗马亲爱的朋友，正如我们先祖②，以庄严的舌头，向苦恋的狄多伤心倾听的耳朵，讲述那凶险的燃烧之夜的故事，那一夜，狡猾的希腊人突袭普里阿摩斯国王的特洛伊。——告诉我们，哪个西农③蛊惑住我们的耳朵，不然，是谁把那要命的工具④带

---

① 意即满头白发和一脸皱纹。

② 我们先祖（erst our ancestor）：代指埃涅阿斯（Aeneas）。罗马人将特洛伊战争的英雄埃涅阿斯视为先祖。此处指埃涅阿斯从特洛伊逃出后，在海上与迦太基女王狄多（Dido）相遇。埃涅阿斯向她讲述自己经历的特洛伊之战。狄多对埃涅阿斯一往情深，单相思苦恋。最后，埃涅阿斯离开迦太基，狄多伤心欲绝，自杀身亡。事见维吉尔《埃涅阿斯记》。

③ 西农（Sinon）：传说中的希腊勇士，在特洛伊战争中，他劝说特洛伊人接受木马，最终导致特洛伊沦陷，毁于战火。

④ 那要命的工具（the fatal engine）：指特洛伊木马。

进来，给我们的特洛伊，我们的罗马，造成内战创伤。——我的心，并非燧石或钢铁所造，我也不能倾吐所有痛楚的悲伤，但泪水的洪流将淹没我的演说，打断我的心声话语，哪怕此时，最该打动你们听我说，促使你们表露悲悯。这儿有位年轻的罗马将军，故事让他来讲。听他讲述，你们的心将要疼痛、流泪。

路西乌斯　高贵的听众，这事由我来说，那该诅咒的德米特律斯和凯戎是凶手，是他们，杀了皇帝的弟弟，强奸了我们的妹妹。因他们的凶残罪恶，我们的两个弟弟被砍头，我们父亲的眼泪遭鄙视，被卑劣地骗去为罗马的事业奋战到底、把她的敌人送入坟墓的那只手。最后，我自己，遭恶意放逐，将我拒在城门外，我转身淌泪，去罗马的敌人中乞求慰藉，他们的敌意在我真实的泪水里淹没，他们张开双臂，把我当朋友拥抱。遭罗马放逐，但我要让你们知道，我曾以血保卫过她的安康，从她的胸窝挡住敌人的剑尖，任由锋刃的兵器刺入我冒险的身体。啊呀！你们知道，我并非自夸的人。尽管我满身疤痕开不了口，它们却能证明，我所说的，公正，而且完全真实。但，稍等！我想，我离题太远，竟举出自己不值一提的战功。啊，原谅我。因为人一旦身边没了朋友，就难免自夸。

马库斯　现在，轮到我说话。看一眼这婴儿，——（手指一侍从怀里的婴儿。）塔摩拉生的，一个没信仰的摩尔人的儿子，摩尔人是这些惨祸的主设计师兼阴谋家。这恶棍还活着，在泰特斯家，让他活着见证，这是真的。现在裁决，泰特斯何以向他所受的，这些超乎忍耐、无法言表或任何活人难以承受的冤屈，复仇。现在，你们听到了真相，罗马人，你们怎么说？倘若我们有何差错，——指出我们错在何处，我们安德洛尼克斯家这几个残存者，就从你们眼见我们现在所在之处，手挽手，头朝前，一齐跌下去，在坚硬石头上撞出脑浆，让我们整个家族同归于尽。说话，罗马人，说话！只要你们说我们该当如此，瞧！路西乌斯和我，就手挽手，跳下去。

埃米利乌斯　来，来，你这可敬的罗马人，把我们的皇帝轻轻扶下来，路西乌斯，我们的皇帝。因为我深知，民众将发出这样的呼喊。

马库斯　　路西乌斯，向你致敬，威严的罗马皇帝！——（向众哥特人。）去，去老泰特斯伤心的家，把那不信教的摩尔人拖来，判他个可怕的屠戮死刑，作为对其最邪恶一生的惩罚。（众哥特人下。）

［路西乌斯、马库斯及其他（从楼座）下来。］

众罗马人　　路西乌斯，向你致敬，罗马仁慈的统治者！

路西乌斯　　多谢，亲爱的罗马人。愿我能仁慈统治，治愈罗马的创伤，清除她的悲痛！但，亲爱的民众，帮我瞄准片刻[1]，——因为大自然交给我一重大任务。——都站在一旁。——但，叔叔，您近前来，在这躯体上，洒下恭敬治丧的眼泪。——啊！愿你苍白、冰冷的双唇接受这温情一吻。（吻泰特斯。）愿你沾了血污的脸接受这痛心的泪滴，这是你高贵儿子最后的真心孝敬！

马库斯　　你弟弟马库斯在你双唇之上，一泪还一泪，深挚的，一吻还一吻。（吻泰特斯。）啊！

---

① 帮我瞄准片刻（give me aim awhile）：此处借射箭术语做比喻，“瞄准”原指站在靶子附近的人，通过观察结果帮射手更好瞄准。此句意即罗马人，请你们像那站在靶子附近的人那样，帮我更好瞄准目标。亦可译为：“帮我在一旁观瞧。”朱生豪译为：“请你们帮我一帮。”梁实秋译为：“且站在一边看着。”

倘若我该付你的亲吻数，无数、无限，我也愿付清。

路西乌斯　(向男童。)过来，孩子。来，来，学我们的样，在泪雨中融化。你祖父十分爱你。多少次，他把你放在他膝头上蹦跳，唱歌催你入眠，拿慈爱的胸膛给你当枕头。他给你讲过好多适宜小孩儿听的事，叫你把这些悦耳的故事记在脑子里，好等他故去、离别之后，讲给别人听[①]。由此，那，像个有活力的孩子，从你那稚嫩的源头，也洒下几颗小小泪滴，因为善良天性需要它[②]这样。在悲伤和痛苦里，朋友应与朋友相伴。

马库斯　这两片可怜的嘴唇，在它们鲜活的时候，何止几千次温暖过你的嘴唇。[③]啊，现在，亲爱的孩子，给它们最后一吻。送别他，把他送入坟墓。向它们[④]献上爱意，跟它

---

① 原文为“And bid thee bear his pretty tales in mind, / And talk of them when he was dead and gone”。此处按“新剑桥版”。梁实秋未译出。

② 它(it)：即泪水的“源头”(眼睛)。

③ 原文为“How many thousand times hath these poor lips, / When they were living, warmed themselves on thine”。此处按“新剑桥版”。朱生豪译为：“爷爷生前多少次地吻你！”梁实秋按“牛津版”译出。

④ 它们(them)：即泰特斯的嘴唇。此处按“新剑桥版”。“牛津版”作“他”(him)，即“向他(泰特斯)告别”。

们告别。

男童　啊,祖父,祖父!您若能再活过来,我真满心情愿自己死[①]。——主啊!我哭得没法跟他说话,一张嘴,泪水就把我噎住。

(哥特人押亚伦上。)

罗马人甲　二位伤心的安德洛尼克斯家人,结束痛苦,给这个可憎的坏蛋判刑,他是这些惨剧的主使。

路西乌斯　把他齐胸埋在土里,饿死他。让他戳在那儿,嚎着、喊着要吃的。但凡有人救济或怜悯他,以犯罪之名处死。这是我的审判。留下几个人,看他钉牢在土里。

亚伦　啊!何以愤怒成了缄默、狂怒的哑巴?我不是婴儿,我,不会以卑微的祈祷,忏悔我犯下的罪恶。我若能随心所愿,还要上演比以往坏一万倍的恶事。哪怕平生做过一件好事,我倒要从灵魂深处为之忏悔。

路西乌斯　请些好心朋友,把这位皇帝运走,葬入他父亲的坟地。我父亲和拉维妮娅,也要立即封入我们家族墓穴。至于那只凶恶的

---

① 参见《旧约·撒母耳记下》18:33:"王一听,悲从中来,就上城楼的房间去哀哭。他边走边哭:'哦,我儿!我儿!押沙龙我儿!恨不得我替你死。'"

塔摩拉之死

母老虎——塔摩拉，没有葬礼仪式，没人服丧哀悼，没有下葬时敲响的丧钟，只把她的尸体扔给野兽、猛禽。[1]她生前像野兽一样，毫无悲悯，正因如此，对她同样无悲悯可言。眼见正义，在那该下地狱的摩尔人亚伦身上完结，我们惨痛的命运从他开始。

从今往后，要管好国家，
类似事件，永不许毁坏！（众下。）

（全剧终）

① 参见《旧约·列王纪下》9：36—37："他说：'狗要在耶斯列城吃耶洗别的尸体；剩下的残骸要像田里的粪便，没有人能辨认出来。'"

《泰特斯·安德洛尼克斯》：莎士比亚第一部“复仇悲剧”

傅光明

《泰特斯·安德洛尼克斯》作为莎士比亚编创的第一部悲剧，是对同时代舞台上演的那些复仇悲剧的模仿之作。对于16世纪伦敦各个剧场里的观众，暴力、流血的复仇悲剧备受喜爱。

一、写作时间和剧作版本

1. 写作时间

关于《泰特斯·安德洛尼克斯》为人所知的最早记录，见于菲利普·亨斯洛（Philip Henslowe，1550—1616）1594年1月24号的日记，亨斯洛是伊丽莎白-詹姆斯时代（1558—1625）最著名的剧场承包人兼经理人之一。亨斯洛记下一场由“苏塞克斯伯爵供奉剧团”（Sussex's Men）演出的《泰特斯与安德罗尼克斯》（*Titus & Andronicus*）。人们推断，这场演出可能在“玫瑰剧场”（The

Rose)。亨斯洛将该剧标注为“新”(ne),以至于大多数莎士比亚评论家误以为它指的是“新”(New)剧上演,事实上,属于旧剧“新”演还是“新”剧上演,并不可知。随后,1954年1月29日、2月6日,两天各演一场。

就在1954年2月6日这一天,印刷商约翰·丹特(John Danter)去了伦敦“书业公会”,将“一本题为《一个高贵的罗马人提图斯·安德罗尼克斯的历史》的书”(“*A book intituled a Noble Roman Historye of Tytus Andronicus*”)登记在册。下半年,丹特为书商爱德华·怀特(Edward White)和托马斯·米灵顿(Thomas Millington)印行该剧四开本,剧名为《泰特斯·安德洛尼克斯最可悲之罗马悲剧》(*The Most Lamentable Romaine Tragedie of Titus Andronicus*),此即最早印行的“第一四开本”。这一证据表明,《泰特斯·安德洛尼克斯》最迟完稿于1593年底。

然而,有证据显示,该剧可能在稍早几年就已写成。这类证据中最著名的一条,或与本·琼森(Ben Jonson,1572—1637)1614年的喜剧《巴塞洛缪集市》(*Bartholomew Fair*)中的一句评语相关。琼森在该剧序言中写道:“倘若有人发誓,说《杰罗尼莫》(*Jeronimo*)或《安德洛尼克斯》(*Andronicus*)是最好的戏,……在这五到二十年、甚或三十年间持续上演。”杰罗尼莫是托马斯·基德(Thomas Kyd,1558—1594)《西班牙的悲剧》(*The Spanish Tragedy*)剧中主角之一。

琼森所提及的《西班牙悲剧》之成功和受欢迎的情形,有许多当代文献为佐证,他将《泰特斯·安德洛尼克斯》与之并提,意在表明这部戏在当时同样极受欢迎。只可惜,到了1614年,两部戏都被视为过时的旧戏。若照字面义来解,该剧到1614年时,剧龄已有二十五到三十年,那它应完稿于1584—1589年。

这一说法始终能在后世收获回应,20世纪八九十年代、即便在21世纪初,仍有莎学家据此对《泰特斯·安德洛尼克斯》做出写作时间更早的几种推论:莎士比亚1587年到伦敦之前;1588年到伦敦第二年;1589年末;约在1590年。

不过,如今学者们多偏于认为该剧写于1590年之后,一个主论据来自“第一四开本”标题页,上面注明,该剧分由三家剧团上演:“德比伯爵供奉剧团”(Derby's Men),彭布罗克伯爵供奉剧团(Pembroke's Men),苏塞克斯伯爵供奉剧团(Sussex's Men)。这种注法在伊丽莎白时期的剧作印本中非同寻常,因为即便提及剧团,通常只提一家。另外,假设这三家剧团是按演出时间的先后顺序排列的,则意味着该剧由苏塞克斯剧团于1594年1月24日可能在玫瑰剧场演出之前,已在舞台上演过一段时间。再假设该剧演出权最初归德比剧团所属,1592年6月23日因疫情导致伦敦剧场关闭之后,剧团将演出权卖给彭布罗克剧团,后者得以到巴斯(Bath)和拉德洛(Ludlow)两地巡演。但巡演亏本,导致剧团于1592年9月28日回伦敦后财务破产,遂又将演出权转手,卖给苏塞克斯剧团。若这两个假设成立,即意味着该剧当在1592年上半年完稿。然而,三家剧团的排序很可能属随机而为,没按时间先后,因为此后印行的一个版本给出不同的剧团排序,依次为彭布罗克剧团、德比剧团、苏塞克斯剧团、宫务大臣剧团(Lord Chamberlain's Men)。显然,对于确定该剧写作时间,“第一四开本”标题页不足为凭。

事实上，认为该剧写于1590年之后的学者，说法并不统一，大体有两种意见，雅克·柏少德(Jacques Berthoud)提出，从莎士比亚与德比剧团之紧密关系来看，该剧在1591年底、或1592年初已被列入剧团上演剧目。既如此，该剧当于1591年某个时候写成。

英国当代莎学家乔纳森·贝特(Jonathan Bate)认为，标题页上的"新"字表明，这是一部上演不久的新戏。而且，剧中塔摩拉的两个坏儿子德米特律斯和凯戎在强奸拉维妮娅之前，发誓要拿巴西阿努斯的尸体当肉垫枕头，这一剧情与托马斯·纳什(Thomas Nashe，1567—1601)于1593年6月27日完稿、并于次年出版的流浪汉小说《不幸的旅行者：或，杰克·威尔顿的生活》(*The Unfortunate Traveller: or, The Life of Jacke Wilton*)有关联。贝特还认为，《泰特斯·安德洛尼克斯》在言语表述上，与诗人、剧作家乔治·皮尔(George Peele，1556—1596)的诗歌《嘉德之荣耀》(*The Honour of the Garter*)具有相似性。这首诗是皮尔为庆祝1593年6月26日，诺森伯兰第九代伯爵亨利·珀西(Henry Percy, 9th Earl of Northumberland)被任命为嘉德骑士(Knight of the Garter)而作。贝特由这三条证据疏理出莎士比亚在这段时期的写作时间表：①1592年6月伦敦剧院因瘟疫关闭之前，莎士比亚完成《亨利六世》三部曲；②剧院关闭期间，莎士比亚暂停编剧，转而写作《维纳斯与阿多尼斯》(*Venus and Adonis*)和《鲁克丽丝受辱记》(*The Rape of Lucrece*)这两首长篇叙事诗；③1593年底，伦敦剧院有望重新开张，古典素材仍活在莎士比亚脑子里，他在读完纳什的小说和皮尔的诗歌后不久，写下《泰特斯·安德洛尼克斯》。这一切都表明,《泰特斯·安德洛尼克斯》最迟完稿于1593年底。

随着科技进步,为确定该剧写作时间,早有莎士比亚评论家尝试运用更科学的方法。例如,当代美国学者加里·泰勒(Gary Taylor)采用文体计量法,尤其对剧中的缩略语、口语、稀有词汇和功能词汇加以研究,得出结论:除第三幕第二场,《泰特斯·安德洛尼克斯》整部戏写于《亨利六世》第二、三部之后。泰勒认为,既然《亨利六世》这两部戏于1591年末、或1592年初完稿,《泰特斯·安德洛尼克斯》的完稿日期则应在1592年中。他还认为,只见于1623年“第一对开本”里的第三幕第二场,在1593年底与《罗密欧与朱丽叶》同时完成。

问题来了:既然关于该剧写作时间,有1588年、1589年、1591年、1592年或1593年之前这么多说法,为何亨斯洛在1594年的日记里称其为“新”? 日记的两位现代编辑福克斯(R.A. Foakes,1923—2013)和里克特(R.T. Rickert)认为,“新”或指一部戏刚获演出许可。换言之,若彭布罗克剧团在外省巡演失败后将演出权卖给苏塞克斯剧团,这点就说通了。同时,两位编辑还指出,这“新”或指剧本刚做过修订,即在1593年晚些时候对该剧做过编辑。不过,莎学界并未全然接受这一解释。有意思的是,时至1991年,学者温妮弗雷德·弗雷泽(Winifred Frazer)对这个“新”字作出最新解释,认为“ne”乃“Newington Butts”(纽文顿靶场剧场)的缩写。如果是这样,则意味着,亨斯洛日记所记为:苏塞克斯伯爵供奉剧团的《泰特斯与安德罗尼克斯》(*Titus & Andronicus*),在纽文顿靶场剧场演出,而非玫瑰剧场。

2.剧作版本

今天这部被称为《泰特斯·安德洛尼克斯》的戏剧文本，是1594年“第一四开本”与1623年“第一对开本”的合并本，其中绝大部分取自前者。1904年，这部“第一四开本”与1594年印行的莎士比亚历史剧《亨利六世》第二部，一同在瑞典被发现。从版本学角度说，该四开本既是这部戏最权威的原本，也是目前存世印刷发行最早的莎剧文本，现藏于美国华盛顿“福尔杰莎士比亚图书馆”(Folger Shakespeare Library)。

如前所述，1594年，《泰特斯·安德洛尼克斯》由印刷商约翰·丹特为书商爱德华·怀特和托马斯·米灵顿印制，标题页以大号字醒目注明：“泰特斯·安德洛尼克斯最可悲之罗马悲剧：由尊敬的德比伯爵、彭布罗克伯爵和苏塞克斯伯爵供奉剧团演出”(The Most Lamentable Romaine Tragedie of Titus Andronicus: As it was Plaide by the Right Honourable the Earle of Darbie, Earle of Pembrooke, and Earle of Sussex their Seruants)。

1600年，伊丽莎白时代另一著名印刷商詹姆斯·罗伯茨(James Roberts)为爱德华·怀特(Edward White)将该四开本再版，此为“第二四开本”。该本现存世两部，一部藏于苏格兰爱登堡大学图书馆，一部藏于美国亨廷顿图书馆。

1602年4月19日，米灵顿将其版权股份卖给托马斯·帕维尔(Thomas Pavier)。然而，1611年，该剧下一个版本，仍是由怀特出版，标题略有改动：《泰特斯·安德洛尼克斯最可悲之悲剧》(*The Most Lamentable Tragedie of Titus Andronicus*)。该版由爱德华·奥尔德(Edward Allde)印刷，此为“第三四开本”。该本现存十四部。

“第一四开本”被视为“好文本”(即“不坏的四开本”或“抄录本”),是大多现代版本的底本。“第二四开本”似乎基于一部受损的“第一四开本”,缺漏一些诗行,尤其结尾部分,由排字工靠推测完成。比如,在剧终路西乌斯结束语中加入四行独白:“眼见正义,在那该下地狱的摩尔人亚伦身上完结,我们惨痛的命运从他开始。从今往后,要管好国家,类似事件,永不许毁坏!”对此,学者们偏于认为,排字工排版至最后一页,见作为参照的“第一四开本”有损坏,便认为缺失几行,而实际上一行不缺。比较三个四开本,“第二四开本”虽对“第一四开本”中一些小错误有所修正,但“第三四开本”却是“第二四开本”的进一步退化,除“第二四开本”中一些错误照错不误,植入了更多错误。

1623年,被收入“第一对开本”中的该剧,剧名为《泰特斯·安德洛尼克斯可悲之悲剧》(*The Lamentable Tragedy of Titus Andronicus*),戏文主要基于“第三四开本”。这就是该剧现代编辑通常使用“第一四开本”,而不用“第一对开本”做核对之原因所在。不过,“第一对开本”里的该剧,有任何一个四开本所没有的内容,主要是第三幕第二场(亦称“杀苍蝇戏”;在这场戏里,泰特斯和马库斯把在饭桌上杀死的一只“丑陋的黑苍蝇”,比作塔摩拉“皇后的摩尔人”)。人们认为,尽管“第三四开本”可能是“第一对开本”的主要来源,却使用了带注释的剧团提词本的副本,尤其与舞台提示相关的地方,这与第一、第二两个四开本明显不同。

在此顺便一说,尽管作家弗朗西斯·米尔斯(Francis Meres,

1565—1647)早在其1598年出版的、在英国文学史居重要地位的《智慧的宝库》(*Palladis Tamia: Wits Treasury*)一书中,提及该剧是莎士比亚十二部剧作之一;尽管该剧被收入1623年"第一对开本"《威廉·莎士比亚先生喜剧、历史剧和悲剧集》(*Mr. William Shakespeare's Comedies, Histories, & Tragedies*),仍挡不住后世学者对莎士比亚作为该剧著作权人之身份提出质疑,这一质疑声在18世纪甚嚣尘上,其中最著名者莫过于剧作家爱德华·拉文斯克罗夫特(Edward Ravenscroft,1654—1707)和编辑过《莎士比亚全集》的诗人、剧作家、批评家塞缪尔·约翰逊(Samuel Johnson,1907—1784)。

爱德华·拉文斯克罗夫特是提出该剧非莎士比亚编剧的第一人,1686年,由他改编的该剧在伦敦居瑞巷剧场(Drury Lane Theatre)演出,剧名为《泰特斯·安德洛尼克斯,或拉维妮娅之强奸》(*Titus Andronicus, or the rape of Lavinia*)。他在"致读者"中写道:"据熟悉舞台的一老手告知,它并非莎士比亚原创,而由一私人作者送去上演,他只对剧中一两个主要部分或角色,做了些大手笔之润色。我偏于相信这一说法,因为在其所有作品中,它是最不妥帖、最杂乱无章的一部。与其说它是一座建筑,不如称之一堆垃圾。"有意思的是,当今文学界称这一立场为"拉文斯克罗夫特传统"。

梁实秋在其《〈泰特斯·安德洛尼克斯〉序》中援引塞缪尔·约翰逊之率直所言:"所有编者与批评家皆认此剧为赝品。我看不出有什么理由可以独持异议;因为其文笔与其他各剧全然不同,剧中有遵守正规诗律以及藻饰词句的企图,不是全不优美,不过难得讨人喜欢。场面的野蛮以及大规模的屠杀，任何观众恐皆不能忍受，……我看不出任何理由相信此剧任何部分是出于莎氏手笔，虽然西奥博尔德（Lewis Theobald，1688—1744）说是不可置疑。我看不出莎氏润色的痕迹。”①

比起约翰逊，剧作家、莎士比亚评论家路易斯·西奥博尔德稍显厚道些，他认为，莎士比亚对该剧至少有几处润色之功。

事实上，莎士比亚评论界一直有学者认为，该剧为莎士比亚与乔治·皮尔合作编剧。英国当代莎学家乔纳森·贝特（Jonathan Bate）在其所编“皇家莎士比亚剧团版”《莎士比亚全集》（简称“皇莎版”）《泰特斯·安德洛尼克斯》的导论中对此给出解答：“现代学界以文本细读分析法令人信服地证明，《泰特斯·安德洛尼克斯》开场由另一剧作家乔治·皮尔执笔，皮尔受过上佳的古典教育，喜欢用夸张的修辞说出大范围对称的舞台对白。几乎可以肯定皮尔写了开场，他巧妙地融合了罗马历史的多样性，值得称道。我们不清楚该剧是两人带有目的性的合作，抑或由莎士比亚重写一遍，或去完成一部未完稿，更弄不清何处文字是他独自所写——尽管所有最具戏剧性的场景无疑皆出自他手，从强奸、砍手，到杀蝇宴（此为后补，早期印本里没有），直至剧情高潮的盛宴。也许最深刻的莎剧时刻——能力远在皮尔之上的戏剧性一幕——在那个瞬间来临，当时，泰特斯面对家庭被肢解的废墟，他弟弟马库斯告诉他，眼下是‘暴风雨’的时候，该扯掉头发，爆发出一大段激烈言辞，并以蹩脚演员的风格咆哮。但他既

① 《〈泰特斯·安德洛尼克斯〉序》，《莎士比亚全集》（第七集），梁实秋译，中国广播电视出版社，1995年，第280页。

不哭喊，也不诅咒。他发出笑声。危情时刻，你必须丢弃规则。现实生活中，悲、喜剧并非活在不同包厢里。威廉·华兹华斯（William Wordsworth）曾写下一些思绪，情到深处，泪不能止。只有威廉·莎士比亚能将这一惊人而深刻的人类的想法戏剧化：情至深处，超乎泪水，并非沉默，而是发笑。”①

二、原型故事

写于13世纪的拉丁文名著《罗马人的业绩》（*Gesta Romanorum*），从历史和虚构故事中提取人物和事件，是一部由故事、传说、神话和奇闻异事构成的合集，莎士比亚在尽力将通史中的人与事编入“罗马剧”中特定的虚构故事时，可能对这部故事集有所借鉴。

意大利作家马特奥·班戴洛（Matteo Bandello，1480—1562）同样擅于从他人、他处取材创作，他那部著名的“故事集”（Novellas）基于诸如乔瓦尼·薄伽丘（Giovanni Boccaccio，1313—1375）和杰弗里·乔叟（Geoffrey Chaucer，1340—1400）等作家的作品，他可能为莎士比亚提供了许多间接素材来源。

英国第一位以这种文风写作的重要作家是威廉·佩因特（William Painter，1540—1595），他对古希腊史学家希罗多德（Herodotus，公元前484—前425）和普鲁塔克（Plutarch，46—119），古罗马作家奥卢斯·格利乌斯（Aulus Gellius，125—180）和克劳迪斯·埃利亚努斯（Claudius Aelianus，175—235），古罗马史

---

① *The Lamentable Tragedy of Titus Andronicus· Introduction*, Jonathan Bate & Eric Rasmussen编，外语教学与研究出版社，2008年，第1618—1619页。

学家提图斯·李维(Titus Livius,公元前59—17)和塔西佗(Tacitus,55—120),意大利诗人、作家薄伽丘和乔瓦尼·巴蒂斯塔·吉拉尔迪(Giovanni Battista Giraldi,1504—1573)及班戴洛,等等,都有所借鉴。佩因特的《快乐宫》(*The Palace of Pleasure*)是莎剧《罗密欧与朱丽叶》《雅典的泰蒙》《理查三世》和《终成眷属》的素材来源之一。

1. 奥维德《变形记》与莎剧《泰特斯·安德洛尼克斯》

古罗马诗人奥维德(Ovid,公元前43—17)的叙事诗《变形记》(*Metamorphoses*)是该剧确定无疑的素材来源,剧中强奸与残害拉维妮娅及泰特斯随后复仇的场景,均主要源于《变形记》。这一剧情极具特色,堪称剧中高潮戏之一,当时,拉维妮娅在向泰特斯和马库斯解释她遭受的一切。

奥维德在《变形记》第六卷中,讲到雅典国王潘迪翁一世(Pandion Ⅰ)之女菲洛米拉(Philomela)遭强奸的故事。菲洛米拉的姐姐普洛克涅(Procne)置不祥之兆于不顾,嫁给色雷斯国王忒柔斯(Tereus of Thrace),为他生下独子伊提斯(Itys)。普洛克涅在色雷斯待了五年之后,普洛克涅想再见到妹妹,于是说服忒柔斯去雅典把妹妹接回色雷斯小住一段。忒柔斯启程了,但他很快贪恋上菲洛米拉的美色。归途中,他向菲洛米拉求爱,遭拒,便把菲洛米拉拖入一片树林,将其强奸。为防止真相败露,他割下菲洛米拉的舌头,回到普洛克涅身边,告知其菲洛米拉已死。然而,菲洛米拉织了一件披肩,把忒柔斯的暴行织进披肩,派人送给普洛克涅。姐妹俩在林中相见,一起商定复仇。他们杀了伊提斯,割喉,分尸,把尸肉做成馅饼,再由普洛克涅去侍奉忒柔斯吃下。席间,菲洛米拉现身,让忒柔斯看伊提斯的人头,并说出姐妹俩所做的一切。

在莎剧中,第二幕第三场,亚伦向塔摩拉说出“杀人毒计”:“今天是巴西阿努斯的最后审判日。他的菲洛米拉必须今天失掉舌头,你两个儿子要劫去她的贞洁,在巴西阿努斯的血泊里洗手。”第二幕第四场,马库斯叔叔看到遭强奸、被割去舌头嘴里淌血的侄女拉维妮娅,悲痛欲绝地说:“美丽的菲洛米拉,只不过失去舌头,还能把心思,缝在一块儿精心编织的刺绣里。但是,可爱的侄女,那个办法,也从你身上割去。你遇到一个更狡诈的忒柔斯,因你比菲洛米拉缝得更好,他把那些美丽的手指全切掉。”第四幕第一场,拉维妮娅在后面追着侄子小路西乌斯跑,侄子腋下夹着的书掉在地上,拉维妮娅用残肢翻看。泰特斯不解,向小孙子发问:

泰特斯　路西乌斯,她翻看的什么书?

男童　奥维德的《变形记》,祖父。这本书,是母亲给我的。

马库斯　也许专挑这一本,为了她那逝去的爱。

泰特斯　稍等!她翻页那么起劲儿!(帮她翻页。)她在找什么?——拉维妮娅,要我读吗?这是菲洛米拉的悲剧故事,讲述忒柔斯的背叛与强奸,——强奸,恐怕这是你痛楚的根源。

马库斯　看,哥哥,看!留意,她翻看哪几页。

泰特斯　拉维妮娅,你也这样被抓住,亲爱的女儿,在冷酷、荒凉、幽暗的树林里,像菲洛米拉一样,在暴力之下，遭强奸，受玷污？（拉维妮娅点头。）

第五幕第二场，泰特斯向塔摩拉两个儿子凯戎和德米特律斯血腥复仇，他要割断他们的喉咙，让拉维妮娅用残臂抱盆准备接“罪恶之血”。他叫人把这两个恶棍捆起来，堵上嘴，历数种种罪恶，说：“因你们对我女儿，比那坏蛋对菲洛米拉更坏，我复起仇来，比普洛克涅更凶。现在，你们备好喉咙。——拉维妮娅，来。（他切断二人喉咙。）”

不言自明，奥维德“菲洛米拉的故事”为该剧提供了支撑起剧情的一个原型故事。只不过，第四幕第一场，拉维妮娅在沙地上透露自己遭强奸这场戏，引用的或是《变形记》第一卷中“伊娥(Io)遭朱庇特(Jupiter)强奸的故事”：朱庇特强奸了伊娥，为防伊娥向外泄露实情，将其变成一头母牛。伊娥遇到父亲，试图告知父亲真相，却无法开口，最后她想出主意，用牛蹄在土里刨出自己的名字。

2. 塞内加的《提耶斯忒斯》与莎剧《泰特斯·安德洛尼克斯》

莎剧中泰特斯血腥复仇的剧情，或受到古罗马擅写“流血悲剧”的剧作家塞内加(Seneca，公元前4—65)《提耶斯忒斯》(*Thyestes*)的影响。塞内加的悲剧皆从古希腊神话取材，《提耶斯忒斯》并无例外。

在《提耶斯忒斯》剧中，提耶斯忒斯是比萨国王珀罗普斯(Pelops)之子，因与兄弟阿特柔斯(Atreus)同谋害死同父异母的兄弟克吕西波斯(Chrysippus)，被珀罗普斯流放。兄弟俩在迈锡尼避难，不久共登王位。然而，二人开始相互猜忌，提耶斯忒斯骗阿特柔斯将他选为唯一的国王。阿特柔斯决心重夺王位，在宙斯和赫尔墨斯（Hermes）的帮助下，将提耶斯忒斯逐出迈锡尼。随后，阿特柔斯发现妻子埃洛珀（Aerope）与提耶斯忒斯有染，发誓报复。他要提耶斯忒斯与家人一起同回迈锡尼，告知他已将一切旧仇遗忘。然而，提耶斯忒斯刚一回来，阿特柔斯便秘密杀死了提耶斯忒斯的几个儿子，砍下他们的手和头，把身体其余部分做成肉饼。在和解宴席上，阿特柔斯给提耶斯忒斯端上用提耶斯忒斯儿子们的肉烤成的馅饼。待提耶斯忒斯吃完，阿特柔斯出示手和头，向惊恐的提耶斯忒斯透露自己所做的事。

在莎剧中，先是在第五幕第二场结尾处，割了德米特律斯和凯戎的喉咙之后，说"等他们一死，让我把他们的骨头碾成粉末，用这可憎的血调和。把他们邪恶的脑袋裹上那面糊，烘烤。来，来，人人出把力，弄好这场盛宴，我希望能见证，它比'人马怪'的盛宴更凶暴、血腥。好，——现在把他们抬进去，因为我要扮演厨师，在他们母亲来之前，眼见把他们弄好"。随即在下一场，第五幕第三场，也就是全剧最后一场戏中，泰特斯一身厨师装扮，在家"备好宴席"，盛情款待皇帝萨特尼纳斯和皇后塔摩拉，他当着萨特尼纳斯的面杀死女儿拉维妮娅，萨特尼纳斯质问："你为什么杀自己独生女儿？"

泰特斯　　不是我，是德米特律斯和凯戎。他们强奸了她，割下舌头，他们，就是他们，对她犯下这一切罪恶。

萨特尼纳斯　　去，立刻把他们找来。

泰特斯　　哎呀,他们俩都在这儿,放那肉饼里烤过,他们的母亲吃自己生养的骨肉,吃得有滋有味。这是真的,这是真的,为我锋利的刀尖作证。(杀塔摩拉。)

萨特尼纳斯　　发疯的混蛋,干下这该诅咒的恶行,去死!(杀泰特斯。)

路西乌斯　　儿子岂能眼见父亲流血?一报还一报,干下杀人之事,去死!(杀萨特尼纳斯。一场骚乱。路西乌斯、马库斯及其他人,上楼座。)

不难发现,泰特斯杀死塔摩拉的两个儿子,即奸淫其女儿的两个恶棍,把其尸肉做成肉饼,服侍其亲母(塔摩拉)、继父(萨特尼纳斯)吃,完成血腥复仇,应是从塞内加《提耶斯忒斯》剧获得了灵感。

3.提图斯·李维的《罗马史》与莎剧《泰特斯·安德洛尼克斯》

在上述最后一场戏中,泰特斯在向萨特尼纳斯和塔摩拉复仇之前,先向萨特尼纳斯发问:“皇帝陛下,请为我解除这个疑问:冲动的弗吉尼乌斯因女儿遭强暴、受玷污、被夺去贞洁,亲手杀了她,这样干好吗?”萨特尼纳斯回答杀得好,“那姑娘不该忍辱苟活,她一露面,他会不断徒生悲伤”。泰特斯当即表示这是“一个强大、有力、奏效的理由。一个范例,早先活生生的见证,因为我,最悲惨之人,要上演同样一幕”。他揭去拉维妮娅的面纱,嘴里说着:“死吧,死吧,拉维妮娅,你的耻辱和你一起去死。你父亲的悲痛和你的耻辱,一同死去!”亲手杀死了拉维妮娅。

毋庸置疑，这一剧情的原型源自李维约写于公元前26—前9年、俗称《罗马史》的史著《自建城以来》(*Ab urbe condita*)中所述“弗吉妮娅的故事”(the story of Verginia)。故事讲述约在公元前451年，身为罗马共和国十大行政官之一的阿庇乌斯·克劳迪斯·克拉苏(Appius Claudius Crassus)，对弗吉妮娅产生贪欲之情。弗吉妮娅是个平民女孩，已与前护民官路西乌斯·伊克利乌斯(Lucius Icilius)订婚。克劳迪斯求爱遭拒，盛怒之下，将弗吉妮娅绑架。伊克利乌斯和弗吉妮娅的父亲、有名望的百夫长路西乌斯·弗吉尼乌斯(Lucius Verginius)，两人一向受人尊敬，克劳迪斯被迫依法捍卫占有弗吉妮娅的权利。在公共集会上，克劳迪斯发出暴力威胁，弗吉尼乌斯的支持者们纷纷逃离。眼见失败，弗吉尼乌斯问克劳迪斯可否同女儿单独面谈，克劳迪斯首肯。然而，弗吉尼乌斯用剑刺穿弗吉尼娅，他认为只有亲手杀死女儿，才能使她获得自由。

足以见出，莎士比亚把李维的弗吉妮娅之死，原封不动地挪用到拉维妮娅身上。

4.“摩尔人复仇”的老故事

剧中，第三幕第一场，亚伦骗泰特斯说：“泰特斯·安德洛尼克，皇帝陛下给你带句话：——你若爱两个儿子，就让马库斯、路西乌斯、你自己或你们任何一位，砍下一只手，送到君王那儿。为此，他将把你的两个儿子活着送还，那只手，算给他们的罪过交赎金。”泰特斯信以为真：“啊，仁慈的皇帝！啊，善良的亚伦！乌鸦可像云雀似的，这样唱过日出的甜美消息？我愿尽全心，把这只手送给皇帝。好心的亚伦，可愿帮我砍掉它？”路西乌斯表示愿砍掉自己的手,去救两个弟弟的命;马库斯愿用自己一直赋闲的手去当赎金,救两个侄子免于一死。泰特斯假意答应,哄骗马库斯和路西乌斯叔侄俩去找斧头,随即恳请亚伦砍下自己一只手。待马库斯和路西乌斯回来,剧情如下:

泰特斯　你们现在不用争了,要做的,我已办妥。好心的亚伦,把我的手交给陛下。告诉他,这是一只守卫他免受千种危险的手。请他埋了它。它应得更多封赏,——那就埋了吧。至于我的两个儿子,要我说,权当用便宜价买来的珠宝,倒也算值钱,因为我买的是自己的亲骨肉。

亚伦　我去了,安德洛尼克斯,希望你的手,能很快换回你的两个儿子。——(旁白。)我是说,两人的脑袋。啊,凭这万恶的念头,能把我养得多肥!

让傻瓜们行善,面色白净之人吁求恩典,
亚伦愿他自己,有像脸色一样黑的灵魂!
(下。)

这场精彩砍手大戏之原型,很可能源于一个不太知名的“摩尔人复仇”的故事。在16世纪的欧洲,这个故事以多语种出版过,1569年,曾有个英文版在伦敦“书业公会”登记入册,可惜至今未存世。

这个故事讲的是,一位有两个孩子的已婚贵族,惩罚了自己雇用的摩尔仆人,仆人发誓要向他复仇。一天,仆人来到贵族妻子和两个孩子居住的有壕沟环围的塔楼，强奸了贵族的妻子。妻子的尖叫引来丈夫，但摩尔人拉起吊桥，把贵族丈夫挡在外面。然后，摩尔人让这位贵族亲眼看他把贵族的两个孩子杀死在城垛上。贵族恳求，只要摩尔人饶过他的妻子，他愿做任何事。摩尔人要他砍掉自己的鼻子，男人照做不误，但摩尔人还是杀了贵族的妻子，贵族震惊而亡。随后，摩尔人从城垛跳下自杀。

虽说并无直接证据，但从莎士比亚写戏最擅长移花接木之能，不妨推论，莎士比亚一定在编写该剧之前读过这篇故事，并巧妙地把故事中摩尔人要贵族砍掉自己鼻子，改为剧中泰特斯恳请摩尔人砍掉自己一只手。

5.新发现的《泰特斯·安德洛尼克斯的历史》之于莎剧《泰特斯·安德洛尼克斯》

目前尚不能确定的是，莎剧《泰特斯·安德洛尼克斯》的主要素材来源是否被留存下来。该剧的故事背景是罗马帝国的衰落，事件是虚构的，由此可见，其原型也属虚构。因为莎士比亚从不原创故事，他仅有的一点点原创剧情，只在《仲夏夜之梦》《爱的徒劳》《温莎的快乐夫人》等几部喜剧和《无事生非》剧中比阿特丽斯与本尼迪克的剧情里。

1936年，在华盛顿福尔杰莎士比亚图书馆里发现一本1736—1764年印行的廉价小册子，内含一短篇散文《泰特斯·安德洛尼克斯的历史》(*History of Titus Andronicus*)和一首一百二十行的歌谣《泰特斯·安德洛尼克斯的抱怨》(*Titus Andronicus' Complaint*)。这首歌谣是旧作，出版商戴西(C.Dicey)在1620年出版理查德·约翰逊(Richard Johnson)的《金花环:王子般的快乐和轻柔的喜悦》(*The Golden Garland of Princely Pleasures and Delicate Delights*)时,由约翰逊将其收录。不妨推想,这首“抱怨”可能仅是一首古老到或可成为莎剧素材的歌谣。这册《泰特斯·安德洛尼克斯的历史》(以下简称《历史》),虽无更老版本存世,其拼写和标点符号均按18世纪惯例,用词却很古老。这表明,其出版时印在标题页上“在罗马所印意大利文本之新译”的说法是错的。

歌谣与《历史》由一完全相同的两联句连在一起,这两联句由拉维妮娅用手杖写下,用来指认施暴者:“骄狂皇后的淫荡儿子们/是这可憎罪恶的实施者。”在剧中,第四幕第一场,马库斯教拉维妮娅用嘴衔住手杖,用残肢引导,在沙地上写出施暴者的罪恶:“拉维妮娅,看这儿。这片沙地很平坦。如果你能,就照我这样,引导一下。(用嘴和脚操弄引导手杖,写自己名字。)完全没用手帮忙,我把名字写在这儿了。愿逼迫我们用这种方法的那颗心遭到诅咒!——好侄女,你来写,在这儿最终把上帝为复仇而揭示的秘密,透露出来。愿上天引导你的笔,直白标记出你的悲伤,好让我们认出叛徒与真相!(拉维妮娅用嘴衔住手杖,用残肢引导来写。)”

两者何其相似!

《历史》似不可能从民谣中取材,歌谣叙述了出现在莎剧《泰特斯》第五幕第二场的场景:皇后和她两个儿子乔装成“复仇女神”“强奸”和“谋杀”出现在泰特斯面前。这一场景,《历史》中没有。因这首民谣在其他方面并无原创,此景或许源自失传的素材、或戏剧也未可知。《历史》故事主线如下：

罗马将军泰特斯·安德洛尼克斯(Titus Andronicus)在对哥特人的十年征战中,打了多次胜仗,二十五个儿子中二十二人阵亡。此番他又以非凡的韬略和勇猛,几乎凭一己之力,将险境中的罗马城从哥特人手中拯救出来,并杀死了哥特国王托蒂利乌斯(Tottilius),俘虏了哥特王后阿塔瓦(Attava)。但哥特国王的儿子阿拉里库斯(Alaricus)和阿伯努斯(Abonus)继续调兵,在罗马周边行省烧杀抢掠、不断作恶。双方因牺牲巨大,最终达成和约:罗马皇帝娶哥特王后阿塔瓦为皇后。泰特斯极力反对,招致阿塔瓦憎恨。不久,皇后阿塔瓦撺掇皇帝放逐泰特斯,引发众臣不满,皇帝只好作罢。皇后深感权威受到挑战,便又怂恿摩尔人(Moor)和儿子谋杀王子,并栽赃给泰特斯的两个儿子,使其以谋杀罪被判死刑。泰特斯为救两个儿子的命,不惜砍掉自己一只手,却换回两颗头颅。不止如此,皇后的两个儿子强奸了泰特斯的女儿拉维妮娅(Lavinia),并割掉她的舌头,砍去她的双手。泰特斯悲痛难忍,发誓复仇。他先与朋友们联手,将皇后的两个儿子杀死,把尸体剁成肉酱,做成两个大肉饼,随即摆下家宴,邀皇帝和皇后前来,告知真相,将两人杀死。然后,他挖一个深坑,将邪恶的摩尔人竖在坑里,埋住半身,身上涂满蜂蜜,引蜜蜂、马蜂蜇咬,加之饥饿,摩尔人痛苦而死。最后,拉维妮娅哀求泰特斯杀死自己。泰特斯杀了女儿,然后自杀身亡。

不难发现,尽管《历史》所述故事与莎剧在人名和剧情细节上略有不同,但两者的主线几无不同。《历史》平铺直叙,虽在用词上与莎剧相似处不多,但其叙事与莎剧对白仍颇为相似。比如,莎剧第五幕第二场,泰特斯执刀,拉维妮娅拿一盆,泰特斯对被反绑双手、堵住嘴的皇后的两个儿子(德米特律斯和凯戎)厉声宣判:“听着,坏蛋,我要怎么弄死你们。我剩下的这只手,切断你们的喉咙,与此同时,拉维妮娅两条残肢抱住那个盆(basin),接收你们的罪恶之血。”《历史》第四十三页这样叙述:“安德洛尼克斯割断他们的喉咙,拉维妮娅遵父命,用残肢抱住一只碗(bowl)接血。”两处似乎只有“盆”与“碗”之不同。

在剧中,泰特斯继续宣判:“听着,恶棍!我要把你们的骨头碾成粉,再用你们的血,把它调成面糊。我要用面糊弄个大馅饼皮,把你们可耻的脑袋做成两个肉饼……”《历史》第四十三页这样叙述:“然后把尸体运回自己家,把肉切成大小合适的块,把骨头磨成粉,做成两个大肉饼……”两者区别仅在于,一个是叙事,另一个是人物独白。

以上对比足以说明,《历史》与莎剧之间存在筋肉的关联。这意味着什么?无外三种可能:无论意大利语本、法语本或英语本,《历史》与莎剧有同一原型;《历史》的早期版本乃莎剧原型之一;莎剧是《历史》的素材之源。不妨由此再做推论:无论当年那部“旧剧”叫什么名字,《一个高贵的罗马人提图斯·安德洛尼克斯的历史》也好,《泰特斯·安德洛尼克斯最可悲之罗马悲剧》也罢,总之,必定是它,为莎士比亚“新剧”《泰特斯·安德洛尼克斯》的剧情和结构主线,提供了最直接、最重要的原型。

6.《泰特斯·安德洛尼克斯》剧中人物姓、名之源

剧中那么多人物姓甚名谁,都是莎士比亚编的吗?不仅不是,且各有来头,耐人寻味的是,姓名之源与人物之性格及命运,内在构成一种饱含意蕴的互文关联，列举如下：

第一主角泰特斯·安德洛尼克斯之名“泰特斯”（Titus），或源自公元79—81年在位两年的罗马皇帝泰特斯·恺撒·维斯帕西雅努斯（Titus Caesar Vespasianus，39—81）；安德洛尼克斯（Andronicus）之姓，或源自1403—1407年在位的拜占庭联合皇帝、帕里奥洛加斯王朝安德洛尼克斯五世（Andronicus V Palaeologus，1400—1407）。但也许，这更有可能源自西班牙作家安东尼奥·德·格瓦拉（Antonio de Guevara，1481—1545）《亲友信札集》（*Epistolas familiares*）中“安德洛尼克斯与狮子”（Andronicus and the lion）故事里的名字——“安德洛尼克斯”。该故事讲述一个名叫泰特斯的施虐狂皇帝，把奴隶扔给野兽，眼见他们死于非命，以此取乐。但当把一个名叫安德洛尼克斯的奴隶扔给狮子时，狮子躺倒，拥抱此人。皇帝百思不解，安德洛尼克斯解释说，因他曾帮狮子拔掉脚上的一根刺。在这个故事里，皇帝叫泰特斯，奴隶叫安德洛尼克斯，或许此乃当时提及这部戏时，均以“泰特斯和安德洛尼克斯”（Titus & Andronicus）形式出现之故。尽管这十分有趣，不过无法确知，莎士比亚有意让他笔下的泰特斯相当于“皇帝（泰特斯）”+“奴隶（安德洛尼克斯）”。

剧中泰特斯的长子路西乌斯的角色轨迹（疏远父亲，后遭流放，最后荣耀归来为家族荣誉复仇），或基于普鲁塔克所著《科里奥兰纳斯的一生》（*Life of Coriolanus*）。至于名字，则可能借用了“不列颠的路西乌斯”（Lucius of Britain）之名。相传，这位公元2世纪的不列颠国王将基督教引入不列颠，被后世奉为“圣路西乌斯”（Saint Lucius）。当然，还有一种可能，借用的是公元前6

世纪罗马共和国创始人路西乌斯·朱尼厄斯·布鲁图斯(Lucius Junius Brutus)之名。倘若如此,莎士比亚则意在表明,这位“路西乌斯”在最后一场戏里恢复罗马帝国所立功勋,与那位创建了罗马共和国的“路西乌斯”一样。

泰特斯之女拉维妮娅(Lavinia)的名字,或来自古希腊神话中的同名人物拉维妮娅。在古罗马诗人维吉尔(Virgil,公元前70—前21)的史诗《埃涅阿斯纪》(*Aeneid*)中,拉维妮娅是拉提姆(Latium)国王拉提努斯(Latinus)之女,当她得知埃涅阿斯打算在拉提姆定居,便向他求爱。

萨特尼纳斯之弟,与拉维妮娅相恋的巴西阿努斯(Bassianus)之名,或取自路西乌斯·塞普蒂米乌斯·巴西阿努斯(Lucius Septimius Bassianus)之姓,后者更为人知的名字是“卡拉卡拉”(Caracalla),他像剧中的巴西阿努斯一样,与亲兄弟争夺王位继承权,一个诉诸长子继承权,另一个诉诸民意。

剧中哥特人女王塔摩拉(Tamora)的名字,或源出历史人物托米丽司(Tomyris),一位凶猛、从不妥协的古代部落马萨格泰(Massagetae)女王。按希罗多德记载,托米丽司女王曾率军抵抗史称波斯第一帝国的阿契美尼德帝国(Achaemenid Empire)创立者居鲁士大帝(Cyrus the Great)的进攻,并于公元前530年,将其击败、杀死。

剧中塔摩拉之子阿拉布斯(Alarbus)的名字,或取自1589年出版的英国作家乔治·普顿汉姆(George Puttenham,1529—1590)《英国诗歌艺术》(*The Arte of English Poesie*)书中援引的一句诗:“罗马王子令野蛮的非洲人/和无法无天的阿拉布斯

(Alarbes)胆怯。”

剧中的罗马暴君萨特尼纳斯(Saturninus)之名,或取自“安提阿的希律”(“Herodian of Antioch”,170—240)所著《马库斯之死以来的帝国史》(*History of the Empire from the Death of Marcus*)书中那个嫉妒、残暴的护民官萨特尼纳斯。此外,莎士比亚还可能在1503年出版的盖伊·马尔尚(Guy Marchant)的《土星历法》(*The Kalendayr of the shyppars*)中看到一种占星说法,该说法认为“土星宿命之人”(Saturnine men)“虚伪、嫉妒、心存歹意”。剧中的萨特尼纳斯,正是这种人,何况剧中他的名字又时常被称作“萨特尼纳”(Saturnine),更与“虚伪、嫉妒、心存歹意”相符。

除以上这些,剧中其他人物也几乎个个有来头,像盖乌斯(Caius)、德米特律斯(Demetrius)、马库斯(Marcus)、马蒂乌斯(Martius)、昆图斯(Quintus)、埃米利乌斯(Aemilius)和桑普洛尼乌斯(Sempronius)等人的名字,可能均取自普鲁塔克的《大西庇阿的一生》(*Life of Scipio Africanus*)。大西庇阿(Publius Cornelius Scipio Africanus,公元前236—前183)是罗马将军、政治家,其生平最伟大的军事胜利,是于公元前202年在“扎马战役”(Battle of Zama)中击败汉尼拔(Hannibal,公元前247—前181)。

三、一部血腥的复仇悲剧

1.血腥的复仇悲剧,抑或寓意深刻的政治剧?

梁实秋在《〈泰特斯·安德洛尼克斯〉序》中谈及该剧舞台演出史时曾明确说:“《泰特斯》的故事很复杂,高潮迭起,缺乏‘动作的单一性’。内容粗野,属于‘流血的悲剧’或‘复仇的悲剧’的类型,紧张刺激,但不深刻。穆里尔·克拉拉·布拉布鲁克(Muriel Clara Bradbrook,1909—1993)在她的《莎士比亚与伊丽莎白时代的诗歌》(*Shakespeare and Elizabethan Poetry*)一书中所说:‘与其说是一出戏,毋宁说是更像一场化装游行’(more like a pageant than a play),是很恰当的批评。”①

尽管该剧在伊丽莎白时代很受欢迎,但它毕竟是莎士比亚戏剧生涯中的第一部悲剧,不仅“内容粗野”,而且艺术上较为粗糙,对前辈、同辈的模仿痕迹也很明显。可以说,这是莎士比亚把两位古典前辈塞内加的“流血悲剧”和奥维德《变形记》里的血腥故事,与当代同龄人克里斯托弗·马洛的诗剧技巧杂烩加工,拼凑出初显莎氏悲剧风格的《泰特斯·安德洛尼克斯》。英国莎学家亨利·巴克利·查尔顿(Henry Buckley Charlton,1890—1961)在《莎士比亚悲剧》(*Shakespearean tragedy*)一书中对其评价不高:“它的情节是人为的,它的人物不过是戴着人类面具的机械木偶,对于极其微弱的表面的人性也毫无反映,除非他们犯下了由一种原始的人类情欲引起的罪恶,而这种罪恶,人类中有些更近于野兽的家伙才会不时干出来。它是纯粹的情节剧,而不是悲剧。”②换言之,与其说它是一出血腥的复仇悲剧,毋宁说是一出流血闹剧。就伊丽莎白时代整个伦敦的剧场和观众来说,“闹剧”自然更具票房价值。对于职业快手编剧莎士比亚来说,编凑出来的戏只要热闹、好看、卖座、挣钱,就算成功。一句

① 《〈泰特斯·安德洛尼克斯〉序》,《莎士比亚全集》(第七集),梁实秋译,中国广播电视出版社,1995年,第282页。

② 见《莎士比亚大辞典》,张泗洋主编,商务印书馆,2001年,第642页。

话，似乎更为后世看重的诗剧艺术，必须做好商演服务。

毫无疑问，莎士比亚深谙剧场商演之道，亦深解舞台艺术之钥。简言之，这是莎士比亚百试不爽的一种艺术规律。或曰，正是这一"道"一"钥"为莎剧赢得了生前身后名。美国莎学家赫里沃德·蒂姆布莱比·普赖斯(Hereward Thimbleby Price, 1880—1964)1943年1月在《英语、日耳曼语文学杂志》(*The Journal of English and Germanic Philology*)发表《〈泰特斯·安德洛尼克斯〉的著作权》(*The Authorship of "Titus Andronicus"*)一文，刻意强调"《泰特斯·安德洛尼克斯》和莎士比亚其他作品一样，既是喜剧又是悲剧，完全建立在对照反衬规律上"。这句话点明，全部莎剧在艺术上都基于"对照反衬"这一规律。

普赖斯进而分析："我们在剧中能看到相反的一对或一群：泰特斯对亚伦；拉维妮娅对塔摩拉；萨特尼纳斯对巴西阿努斯；泰特斯的儿子们对塔摩拉的儿子们等，对比十分鲜明，人物在各个方面都显示出尖锐对立。而且，这种对照不仅在两个敌对阵营成员之间，而且在同一阵营内部彼此也有着截然相反的性格和行为。我们看到，马库斯生性温和，泰特斯则为人苛严，对比鲜明生动。对照反衬规律在剧中占统治地位，支配着每一个场景。……一方面，我们看到勇敢无畏、刚正不阿、光荣名誉，但同时也存在着刚愎自用、冷酷无情和愚蠢冥顽。另一方面，则是奸滑狡诈、诡计多端、阴谋陷害和种种邪行恶念。有人认为，这个剧有别的戏剧家插手，看来除了莎士比亚，不会有任何其他戏剧家能够构思出如此错综复杂和严守对照法则的戏剧来。但还不止于此，莎士比亚走得更远，他用对照反衬法加强了事件和情势以及人物性格。第二幕第二场和第三场是说明莎士比亚艺术技巧的极好例子。早晨的新鲜愉快和森林的清新美丽并不是为这些景色自身而写,如某些批评家所指出的,而是回忆斯特拉福德的思乡病。但更为重要的,作者冷静地描写这一环境景色,目的是要和随之而来的恐怖形成强烈的对照。”

然而,普赖斯在此笔锋一转:“我们再来谈谈情节的一个重要方面,这是学者们通常忽略的问题。《泰特斯·安德洛尼克斯》是一个政治剧,莎士比亚是所有戏剧家中政治性最强的戏剧家,他的作品激起了像格莱斯顿[①]和俾斯麦[②]这类政治家的敬重,他们两人都奇怪莎士比亚怎么会如此透彻地了解那么多他们所从事的职业的秘密。莎士比亚的政治兴趣表现在各个方面,他喜欢把他的主角和牵涉国家命运的事件联系起来,他善于追踪政治阴谋的过程,他也乐于揭示性格或智力的缺憾,这些缺憾有害于公共生活。他的政治剧的真正主角是国家,在某些剧里是英国,在另一些剧里是罗马。《泰特斯·安德洛尼克斯》集中围绕一个国家事务,它的主角不是一个特殊的人,而是罗马自身。所有人物都关系着罗马。这一主题一直贯穿全剧,由第一幕到第五幕。”[③]

那么,问题来了:该把《泰特斯·安德洛尼克斯》视为一部政

---

① 威廉·尤尔特·格莱斯顿(William Ewart Gladstone, 1809—1898)英国自由党领袖,四次出任首相。

② 奥托·爱德华·利奥波德·冯·俾斯麦(Otto Eduard Leopold von Bismarck, 1815—1898),普鲁士王国首相(1862—1890),德意志帝国首任宰相,人称“铁血宰相”。

③ 见《莎士比亚大辞典》,张泗洋主编,商务印书馆,2001年,第641—642页。

治戏吗?

按照普赖斯所言,莎士比亚除精通剧场商演和舞台艺术之外,还擅长抒写戏剧中的政治性。这并非普赖斯一己之见,它有相当的代表性,因为从政治性视角解读莎剧似乎早成为一个流派。以该剧为例,分析剧情,似乎不无道理:第一,该剧以罗马先皇去世,皇长子萨特尼纳斯和次子巴西阿努斯争夺继承权开场,而在当时,伊丽莎白女王不婚无后的冰冷现实始终刺激着整个英格兰王国及百姓的敏感神经。对于君主制王国来说,子嗣问题就是政治问题。第二,身为“已故佩戴罗马帝国皇冠之人的头胎长子”萨特尼纳斯依凭“世袭的权利”继位,理所应当。这还是政治问题。第三,身为次子,巴西阿努斯从政治韬略出发,要罗马人“让功名在自由选择中闪耀”,“为自由而战”。这依然是政治问题。第四,民众认可、拥戴“罗马的捍卫者”,征服了野蛮的哥特人,由功勋卓著的泰特斯继位。这是民众眼里的政治问题。第五,泰特斯以“年迈、虚弱”为理由,情愿享有“一根荣誉的拐棍儿,而非一根统治世界的权杖”,将唾手可得的皇位让给他误以为是“公正之人”的皇长子萨特尼纳斯,而长子继承制又符合自古传至伊丽莎白时代的钦定法规。这或许可以理解为莎士比亚在替泰特斯讲政治。第六,继位的皇长子萨特尼纳斯德不配位,将国家引向灾难,最后,民众拥戴结束乱政、却毫无皇族血统的路西乌斯登上罗马新皇宝座。疑问即在此:这里的政治体现出了莎士比亚的人民性吗?显然,答案是否定的。

诚然,把《泰特斯·安德洛尼克斯》视为政治戏剧的学者们可由以上六点轻易得出结论:该剧凸显出莎士比亚的政治倾向,莎士比亚强调政治的道德性和人民性,对马基雅维利主义(Machiavellianism)十分反感,并由此为以后的悲剧写作设定了一个政治性的主题基调。但似乎有个问题:终场戏里的路西乌斯率哥特大军挥师罗马,成为一代新君,是可取的吗?要知道,在开场戏里,哥特人——“强悍、善打硬仗的民族”,曾是泰特斯凯旋罗马时受屈受辱的战俘,而且是路西乌斯亲自主持燔祭仪式,将塔摩拉的长子阿拉布斯这“最高贵的哥特战俘”“砍掉四肢,放在柴堆上,活祭肉身”。不过,稍微思考一下,这又不是问题。因为,化旧敌为友、结盟战胜新敌,原本就是政治与生俱来的一种“戏剧性”,这种“戏剧性”在莎士比亚十大“国王戏”里不断上演。因此,应该说,全部莎剧都或多或少具有政治性,但艺术性远在政治性之上。

1957年,美国莎学家尤金·韦斯(Eugene M. Waith)在《莎士比亚综观》第十卷“罗马剧”专号(*Shakespeare Survey*, Volume 10, The Roman Plays)发表《〈泰特斯·安德洛尼克斯〉剧中的暴力变形记》(*The Metamorphosis of Violence in Titus Andronicus*)一文,客观地指出:“《泰特斯·安德洛尼克斯》的主题太平常了,它是道德和政治混乱与友好情谊和明智政府二者结合的力量相对应,是莎士比亚终身感兴趣的主题。蒂利亚德(Tillyard)若干年前就注意到这个悲剧和历史剧并延及罗马剧及《李尔王》《麦克白》等其他莎剧的关系。马库斯在剧尾叙述了这一主题:‘你们这些满脸悲伤之人,罗马的民众、子孙,骚乱使你们分离,像暴风雨巨大阵风中一群四散的鸟儿,啊!让我教你们,如何把这散乱的稻谷重新捆成一整束,把这折断的四肢重新结为一个躯体。’拉维妮娅被强奸和毁坏肢体是道德和政治混乱的重要象征，在这方面很像莎士比亚写鲁克丽丝被奸污的情节。从两次提到塔昆，一次是第四幕第一场提到他的强奸罪行，一次是第三幕第一场他作为被驱逐的皇帝，足证这两者之间混乱的关系明白无误。这一联想在很多年以后仍存于莎士比亚的心中，那就是他让麦克白说的‘面容憔悴的凶手’‘迈开塔昆意图强奸时的大步’(《麦克白》第二幕第一场)。”

也就是说，莎士比亚的政治性或许表现得比较简单，他希望整个王国的道德、政治秩序能在稳固的王权之下。他当然也为女王的继承人问题操心。

又或许，正因为莎士比亚的政治性比较简单，才恰如韦斯所分析的，《泰特斯·安德洛尼克斯》剧中“正面的力量在大半戏剧中是太弱了，对混乱起不了平息作用，但也存在于虚伪的友谊、假装的兄弟之爱、非正义和忘恩负义之中。在戏剧开始，马库斯就称泰特斯为罗马民众‘公正的朋友’，在戏剧最后，他又叫路西乌斯为‘罗马亲爱的朋友’。在那可怖的插剧中，昆图斯为把兄弟救出深坑而牺牲自己的过程，与马库斯要替泰特斯砍掉自己的手，都显示出兄弟之爱；而在开始第一场，从萨特尼纳斯和巴西阿努斯的争吵中看不到兄弟情谊。不讲道义和忘恩负义则是全剧控诉的主题”①。诚然，泰特斯与马库斯之间的手足之爱，恰与萨特尼纳斯与巴西阿努斯之间的兄弟仇怨，构成“对照反衬”，实际上，这其中何尝不包含政治性。前者是真挚、纯粹、情

---

① 见《莎士比亚大辞典》，张泗洋主编，商务印书馆，2001年，第642页。

愿砍掉自己一只手、浓得化不开的手足情谊;后者则是由冷血的皇位之争招致兄弟反目、骨肉相残。应该说,莎士比亚从来不为单纯政治性写戏。

正因为如此,可将英国当代莎学家乔纳森·贝特(Jonathan Bate)在其新编“皇家莎士比亚剧团版”《莎士比亚全集》(简称“皇莎版”)《泰特斯·安德洛尼克斯》的导论中所作的述评,视为一种解答:“品格高尚的批评家和学者无法想象‘国家诗人’(莎士比亚)居然用一场强奸、肢解和食人的野蛮筵席弄脏自己。事实上,《泰特斯·安德洛尼克斯》是伊丽莎白时代最受欢迎的戏之一。该剧凭一种历史与虚构还算体面的大杂烩,编创出民主与帝国共生的想象中的罗马。与其说它是一部历史作品,不如称之为对历史的沉思,或称之‘元历史’。罗马共和国早期之政治结构和罗马帝国后期之颓废,被刻意彼此叠加,其中还夹杂着伊丽莎白时代晚期英格兰令人关注之事:关于新皇去世后的继承问题,萨特尼纳斯与巴西阿努斯公开的政治争执,正是莎士比亚写剧时一个引人关注的话题,当时,年迈的‘童贞女王’临近生命尽头,竞争继位者有好几位。”

对罗马史不熟悉的读者,即便《泰特斯·安德洛尼克斯》的剧情背景并非虚构,怕也只能凭想象把剧情置于可能发生的古罗马任何一个时段。贝特由此作出分析:“复仇的漩涡由活祭肉身的剧情开场,要杀死塔摩拉之子阿拉布斯,以告慰泰特斯那些与哥特人作战时阵亡的儿子们的亡魂。历史地看,古罗马从未实行过活祭肉身,但所有文化中都有其燔祭的基础神话。对莎士比亚及其观众来说,罗马令人想起过去的罗马天主教会及异教帝国。因此,剧情中穿插着对终极燔祭、对上帝之子被钉十字架及对随之而来的教义分歧的暗示。对于天主教徒和新教徒两者而言,殉难(martyred)一词都意义重大,它适用于拉维妮娅,在父亲让她协助杀死凯戎和德米特律斯时,要她'接血'(receive the blood),该词是对'圣餐'(Eucharist)语言的拙劣模仿,我们凭圣餐中耶稣的血得救赎——不过,筵席上的葡萄酒是真酒、抑或象征性的血,是一个需要激辩的问题。"

剧情之外,对于《泰特斯·安德洛尼克斯》的戏剧结构,贝特认为:"《泰特斯·安德洛尼克斯》中的暴行总有其艺术目的,从不凭空而来,剧情中有一种残酷而不失优雅的对称:阿拉布斯四肢被砍,拉维妮娅的双手同样被砍:因哥特女王塔摩拉失去爱子,同理,罗马将军泰特斯必失爱女。古希腊悲剧时代以降,西方文化一直受困于复仇者的身影之中。他或她立于一系列边界之间:文明与野蛮之间,个人对他或她自身良知的责任与社会对法治需要之间,正义的与悲悯的要求冲突之间。"这正是"对照反衬"。实际上,悲剧的开场戏与终场戏也构成一种前后呼应的"对照反衬":在开场戏里,泰特斯的长子路西乌斯拿塔摩拉的长子阿拉布斯献祭兄弟们的亡魂,由此正式揭开复仇悲剧的序幕;在终场戏里,还是路西乌斯,一剑杀死塔摩拉的皇帝丈夫萨特尼纳斯,正式落下复仇悲剧的大幕。

在此,贝特提出疑问:"我们有权利——甚至责任——去切实报复毁了我们所爱之人的那些人吗?要么,我们该把复仇留给法律或众神?假如我们亲自动手,自身的道德水准是否降至跟恶行的元凶一样?在伊丽莎白时代的公共剧场,托马斯·基德开始在《西班牙的悲剧》里探索这类问题。莎士比亚在《泰特斯·安德洛尼克斯》中将其进一步发展,然后在《哈姆雷特》中提炼到巅峰。……《西班牙的悲剧》中的耶罗尼莫(Hieronimo)因爱子之死发疯,最后,痛楚之烈难以言表,终致自咬其舌。当泰特斯说‘难道,要我们咬掉舌头,在哑剧中打发饮恨的余年残生?’时,是莎士比亚对耶罗尼莫的点头默许?”

紧接着,贝特由耶罗尼莫在《西班牙的悲剧》中“自咬其舌”,透析莎士比亚将肢体语言赋予遭轮奸、受残害的失语者(拉维妮娅),其中包含巨大意义:“语言有可能缓减情感痛苦吗?尽力这样做是诗体悲剧传统的宣泄功能。在《泰特斯》中,身为剧中主要‘旁观者’形象,马库斯面对侄女拉维妮娅可怕的肢体毁损,搜寻能‘缓解其痛楚’的哀痛之语。随后,父亲泰特斯设法分担痛苦,将她紧紧抱住,把她比作哭泣的风,把自己先比作大海,后比作大地。但即便如此,这基本的语言是乏力的。拉维妮娅的悲苦简直无法言说。纵观全剧,莎士比亚突破了真实表述与虚假、理智与疯狂、言说与沉默之间的界限。”

贝特对莎士比亚把“让人体自身说话”用在拉维妮娅身上最为赞赏,因为无言的身姿手势能比有声有调的语言更具有人性和审美的穿透力与震撼力:“伊丽莎白时代舞台上的演员与观众有两种交流方式:通过言语,凭借手势身姿。莎士比亚以身为一名演员开启戏剧生涯,学习精心的修辞演说和高度形式化的肢体动作,这些都是当时相对粗糙的保留剧目的特点。在16世纪90年代早期,最高票房明星是爱德华·阿莱恩(Edward Alleyn),身为饰演耶罗尼莫的第一人,阿莱恩因其恢弘的风格而出名。

不过，莎士比亚很快看到舞台表演‘过火’的危险，便与其领衔主演理查·伯比奇(Richard Burbage)紧密合作，力图发展一种更精微的风格，在这之中，诗化语言成为媒介，而非炫耀性的展示，更多是对内心生活灵活、好奇的探索。《泰特斯·安德洛尼克斯》有其修辞上的夸饰辞藻，这是吸引观众之必要。但莎士比亚在该剧独具光彩的那些台词段落中，故意剥夺了自己身为剧作家惯用的字句和手势动作。基德的耶罗尼莫只在剧终临死之前咬舌失语，莎士比亚却让拉维妮娅在剧情没过半时就被割掉舌头。在剩下的时间里，她只能演哑剧(dumb show)，因双手被砍去，也无法用手势表达。她变成男人非人性对待女人的视觉图标。所以，作为父亲，泰特斯不得不从她残肢的‘殉难标志’中‘夺一个字’。”

回到戏剧性。剧名为《泰特斯·安德洛尼克斯》，但这个叫泰特斯的人物形象在戏剧中不仅不是第一主角，而且似乎只是一架冷酷、血腥的复仇“机器”。为加快剧情节奏，开场不久，莎士比亚就把泰特斯复仇的戏剧冲突的引信埋下：泰特斯拒绝塔摩拉求情，命长子路西乌斯主持燔祭仪式，在柴堆上砍掉塔摩拉长子阿拉布斯的四肢，活祭肉身。剧情由此展开，先由很快当上皇后的塔摩拉和其两个儿子，向泰特斯及其家人进行粗野的血腥复仇，最后，由泰特斯完成向塔摩拉一家人更残忍的血腥复仇。因此，剧情从泰特斯最后一次打败哥特人，凯旋罗马开始。此时的泰特斯已年迈体弱，这实在是一个对至高皇权毫无贪念的英雄老人，他只想让拉维妮娅嫁给萨特尼纳斯成为皇后，自己安享晚年。他哪里知道，拉维妮娅竟瞒着他，与皇次子巴西阿努斯订婚在先。这是剧中引爆另一巨大冲突、并导致血腥复仇的引信——如此一来,萨特尼纳斯与巴西阿努斯兄弟瞬间成为情敌;同时疯狂爱上拉维妮娅的塔摩拉的两个儿子凯戎和德米特律斯,也与巴西阿努斯瞬间成为情敌。所以,从这种剧情出发,巴西阿努斯不可能不第一个惨死。

事实上,泰特斯有充分理由冷酷、血腥。他率军与哥特人鏖战,二十五个儿子阵亡二十二个。如贝特所言:“连年征战,泰特斯自己的身体也弄垮了,却幸存下来。莎士比亚提醒我们,真正的人类并非超人,亦非动作英雄,而是脆弱的生灵。泰特斯满身伤痕,浑身泥泞,在身体上能弯腰俯身,精神上却始终高昂、不屈不挠,哪怕在一个残忍、毫无神圣正义的世界,不得不忍受一切冤屈:‘马库斯,我们只是灌木,不是雪松,不是库克罗普斯那身形庞大、骨骼粗壮之人,但马库斯,我们有金属钢架的脊梁,只是,冤屈带来的痛楚,远非我们的脊梁所能承受。’”

意味深长的是,贝特在分析泰特斯的同时,还认为“亚伦堪称莎剧中第一个大恶棍,是理查三世、《奥赛罗》中的伊阿古和《李尔王》中埃德蒙的前身。他还是英国戏剧中第一个重要的黑人角色。自始至终,局外人的身份成了他的行为动机,一开场他似乎是魔鬼的化身,但剧情向结尾发展,竟有了惊人转变。当奶妈把他的头胎儿子递给他,嘴里说着侮辱性的话,他问奶妈‘黑,颜色如此下贱?’黑人的骄傲与父爱消除了古老的将黑色等同于邪恶的种族主义”。贝特从亚伦这个魔鬼恶棍身上,挖掘出莎士比亚的种族观,这一种族观一直延续到摩尔将军奥赛罗身上。因为简单来说,奥赛罗的悲剧是他那摩尔人的“黑皮肤”造成的。

而在《泰特斯·安德洛尼克斯》中，莎士比亚竟让罗马皇后塔摩拉把自己与亚伦偷情的结晶——一个摩尔黑婴儿——生在王宫里。随即，亚伦为防事情败露，一剑杀死了知道真相的奶妈。而后，决定用另一个同时落生的白皮肤的婴儿，替下他自己的黑皮肤的儿子，将来“成为皇帝的继承人，以平息宫廷里这场飞旋的暴风雨，而且，让皇帝把他当亲儿子放在膝上抚弄”。这样一来，他既可以长久维持与塔摩拉的奸情，更可以在将来掌控“儿皇帝”、统治罗马。这是他为自己、也为塔摩拉设计的美妙愿景。

提及亚伦，绕不过塔摩拉。英国出版商、作家查尔斯·奈特(Charles Knight, 1791—1872)1849年就在《莎士比亚研究》(*Studies of Shakespeare*, 1849年第2卷)第一章《泰特斯·安德洛尼克斯》中指出：“塔摩拉是剧中主宰一切的天才，在她身上，我们看到智慧力量和道德腐败统一起来的奇妙观念的产生，这在莎士比亚后来的创作中，以他的绝顶的聪明，更加明白地显示了出来。强烈的情感，敏思急智，完全的自我控制，和一种超凡的想象力，把塔摩拉和一般妇女区别开来。”①

塔摩拉不是“一般妇女”，路西乌斯形容她是一个“最贪得无厌的淫荡女人”，亚伦也不是一般恶棍，路西乌斯说他是“残暴的、野兽般的恶棍”。这对彼此痴恋的奸夫淫妇真称得上一阴一阳魔鬼组合。然而，这样一个恶魔般可憎的恶棍，在整个第一幕里，仅仅作为俘虏，干巴巴地站在舞台某个不起眼的角落里，没有一句台词，只是出现在开场不久泰特斯凯旋罗马的舞台提示

① 见《莎士比亚大辞典》，张泗洋主编，商务印书馆，2001年，第641页。

里：“战鼓、号角齐鸣，随后泰特斯的两个儿子马蒂乌斯和穆蒂乌斯上；随其身后二人，抬一棺材，上覆黑布；泰特斯另外两个儿子路西乌斯和昆图斯随后上。在其身后，泰特斯·安德洛尼克斯乘战车上；随后是哥特人的女王塔摩拉及其两个儿子凯戎和德米特律斯、摩尔人亚伦，以及尽可能多的其他哥特人。”但从亚伦在第二幕第一场慨叹“塔摩拉爬上奥林波斯山巅”开始，直到第五幕第一场为保全自己的儿子的性命向路西乌斯招供，一切“劣迹昭彰的坏事”都由他主谋策划。而且，莎士比亚刻画这个人性魔鬼最深刻的意义在于，亚伦一生作恶，至死不悔。当亚伦从绞架的梯子上下来时，对路西乌斯说：“如果有魔鬼，我愿是个魔鬼，活在永恒之火里燃烧，那样，在地狱里我能与你相伴，但我要用怨恨的舌头折磨您。”

某种程度上可以说，“摩尔人亚伦”是莎剧的一大发明。

2. 在布鲁姆的批评视阈下[①]

美国学者、“耶鲁学派”批评家哈罗德·布鲁姆（Harold Bloom，1930—2019）的莎研名著《莎士比亚：人类的发明》（*Shakespeare: The Invention of the Human*）一书中，有《泰特斯·安德洛尼克斯》专章，犀利的文笔透出，布鲁姆喜爱克里斯托弗·马洛（Christopher Marlowe，1564—1593），更热爱莎士比亚。这两位英国文艺复兴时期天才的戏剧诗人，是1564年出生的同龄人。当莎士比亚1593年刚开启戏剧生涯不久，已享有盛誉的马洛意外身亡。正如基于此，布鲁姆不胜感慨：“莎士比亚戏剧艺

① 此处参考 Harold Bloom, *Shakespeare: The Invention of the Human*, The Berkley Publishing Group, pp.78-86。

术中至关重要的一切都出自马洛的发明,除了对人的描绘,这超出了马洛的兴趣及其天赋。”

不过,尽管布鲁姆自称或许是最后一个“高度浪漫主义的莎士比亚崇拜者”,但他仍对《泰特斯·安德洛尼克斯》是那么血腥的一部“复仇悲剧”感到难以置信,他希望莎士比亚并未犯下这种“诗意的暴行”,哪怕只作为一种宣泄。他认为,整部戏除了令人捧腹的摩尔人亚伦,可以说糟透了,但偏爱莎士比亚的布鲁姆要证明莎士比亚心里清楚这个低级错误,并指望更有眼光之人能自觉沉迷其中。“谁若偏好施虐受虐,那《泰特斯·安德洛尼克斯》就是谁的肉,谁就可以加入塔摩拉的‘食人盛宴’(cannibal feast),以同样嗜好,强奸拉维妮娅、割下她舌头、砍掉她双手。”然而,布鲁姆切实感到,无论读者有何种情趣,怎样理解泰特斯这一形象是个大问题。

戏开场不久,凯旋罗马的泰特斯下令拿塔摩拉的长子阿拉布斯给他阵亡的儿子们当祭品,他二十五个儿子阵亡二十二个。燔祭是要把这位哥特王子放在柴堆上,砍掉四肢,活祭肉身。于是,“阿拉布斯的四肢全部砍下,/ 内脏喂给燔祭之火”,之后没多久,泰特斯又因儿子穆蒂乌斯妨碍女儿拉维妮娅的婚事,一怒之下杀了他。在布鲁姆看来,泰特斯从出场到此处,活像个怪物,这分明是对马洛笔下帖木儿(Tamburlaine)的拙劣模仿。从此处到剧终,泰特斯的仇敌针对他所犯下的罪行,包括强奸、折磨拉维妮娅,处死他三个幸存儿子中的两个,以及他为救儿子活命让亚伦砍下自己一只手。但他遭受的这一切剧痛,都未能让读者做好他将在终场戏里杀死亲生女儿的心理准备。他说:

“死吧,死吧,拉维妮娅,你的耻辱和你一起去死。你父亲的悲痛和你的耻辱,一同死去!(杀死拉维妮娅。)”萨特尼纳斯责怪他:“你干了什么?没人性、没人情!”他竟回答:“杀了她,为她,我哭瞎了双眼。”

对于女权主义者批评家来说,这无疑体现出父权、男权对女性的最恶意的伤害。因为遭受轮奸、失去舌头、只剩残肢的拉维妮娅连生存的选择权都被剥夺了。布鲁姆为莎士比亚辩解,觉得他为消除读者对泰特斯的反感尽了力,读者或许觉得泰特斯与塔摩拉和亚伦一样,都是不可理喻的怪物。塔摩拉毫无可取之处,亚伦至少很有趣,莎士比亚甚至要拿亚伦同塔摩拉所生的黑皮肤的婴儿打动读者。

由此,布鲁姆找到亚伦这个切入点,认为对该剧的美学辩护只存在一种可能:“将整部戏视为马洛式的血腥闹剧,并以最具马洛风格的亚伦为中心。”换言之,剧中塑造最鲜活的人物是亚伦,亚伦脱胎于马洛。理由很简单,马洛和莎士比亚均从古罗马悲剧作家塞内加的“流血悲剧”中获益。对于莎士比亚,模仿马洛更为方便。马洛的身影在《泰特斯·安德洛尼克斯》之前完成的《理查三世》中随处可见,写《泰特斯》时,莎士比亚已好似在与马洛飙戏,“将马洛的语言发挥到极致,活像马洛在模仿他自己。摩尔人亚伦如同理查三世(马洛笔下巴拉巴斯的翻版)一样,是这场飙戏中的利器”。将两人的独白做一对比,即可看出端倪:

巴拉巴斯　至于我自己,夜里到外面溜达,杀死墙下呻吟的病人。有时,四处转悠,给水井投毒;有时,为爱惜基督徒盗贼,甘愿损失些克朗,这样我就能在画廊里踱着步,看他们被捆在我门前。年轻时,我学过医术,开始先拿意大利人练手。在那儿,我用葬礼养肥牧师,总让教堂司事的胳膊忙着挖坟、给死人敲丧钟。那以后,我当过谋划者,在法、德两国的战争中,假装帮查理五世出谋划策,朋友、敌人一起杀。之后,我放过高利贷,用勒索、欺骗、罚没及经纪行当的伎俩,没出一年,就把破产者填满监狱,将年幼的孤儿藏匿在医院。每天的月亮都使一些人发疯,不时有人因悲伤上吊,我把一长串卷轴钉在他胸前,折磨人,我多有兴致。但注意,叫他们受罪,我多么享福。我钱多得够买下整个镇子。现在不妨告诉我,你是怎么打发时间的?

亚伦　唉,可惜没再多干一千件。即便眼下,我也诅咒那日子——不过,我想,很少有谁进入我的诅咒范围,——在这范围里,我干的,全都是劣迹昭彰的坏事,比如杀人,或想法弄死他;强奸少女,或设计奸淫她;指控清白之人,自己发假誓;将朋友置于可怕的怨恨;把穷人家的牛折断脖颈;夜里点燃谷仓和干草堆,叫物主们用泪水去灭火。我常从坟墓里挖出死人,把他们直立在好友门前,哪怕此

> 时朋友们已忘却悲伤。在他们的皮肤,像在树皮上一样,我用刀刻下罗马字母“哪怕我死去,莫让你的悲伤消亡”。啧,我干过一千件可怕的事,像弄死一只苍蝇那样欣然,的确,除了不能再干一千件坏事,没什么能让我伤透心。

布鲁姆认为,正如亚伦完胜巴拉巴斯一样,莎士比亚赢了马洛。最为重要的是,因为“亚伦将帖木儿的夸夸其谈与巴拉巴斯能把观众变为同谋的天赋集于一身”,这个摩尔人形象救活了整部戏。一句话,莎剧中这个马洛式的怪物,比马洛笔下的任何一个角色都更为出彩。若没有亚伦,该剧叫人难以忍受。第一幕正是如此,亚伦人在舞台上,却一句台词也没有。第二幕,亚伦提议塔摩拉的两个儿子凯戎和德米特律斯以轮奸拉维妮娅来解决争吵。两人轻易得手,他们先杀了拉维妮娅的丈夫巴西阿努斯,再用尸身当肉垫将拉维妮娅奸淫。为防她说出真相,他们割掉她双手和舌头,随后,亚伦又成功地将谋杀巴西阿努斯的罪名,嫁祸给泰特斯的两个儿子昆图斯和马蒂乌斯。在布鲁姆看来,即便总结此情此景会把读者夹在震惊和戒备性的笑声之间,但读者在此做出的反应,尚未达到当泰特斯敦促弟弟马库斯和女儿拉维妮娅帮他把儿子的两颗人头和他自己的断手,带离舞台时的对立程度。——“来,弟弟,你拿上一颗头,我这只手,拿另一颗。——拉维妮娅,我也给你派事做。宝贝女儿,用牙齿衔住我的这只手。”

于是，布鲁姆特意提醒那些把该剧视为一部真诚而严肃的悲剧的学者们，把这小段台词连读几遍，注意对“宝贝女儿，用牙齿衔住我的这只手”这句话加重语气。布鲁姆要强调的是，从写作时间上看，《泰特斯·安德洛尼克斯》写于《错误的喜剧》和《驯悍记》之后，写于《爱的徒劳》之前，而“他的喜剧天赋，不论对观众、抑或他本人，都极为明显。称《泰特斯·安德洛尼克斯》仅是对马洛和基德开玩笑式的模仿似乎不够，它是一场大爆发，是对令人作呕的反讽的爆炸，远远超出拙劣模仿的极限。莎剧中没哪部戏比该剧更疯狂，它预言的不是《李尔王》和《科里奥兰纳斯》，而是阿尔托”。安托南·阿尔托（Antonis Artaud，1896—1948）是法国诗人、演员、编剧和戏剧理论家，提出“残酷戏剧”的概念，试图以此改变文学、戏剧和电影的基本元素。

然而，布鲁姆认为，剧情结局一旦走向荒诞，会变得更加超现实、甚至不真实。在俗称“杀蝇宴”的第三幕第二场，泰特斯和弟弟马库斯用餐刀杀死一只苍蝇，围绕这只苍蝇，两人间足有三十行的幻觉性对白。虽说带有巴洛克风格，但与第四幕第一场相比，透出平淡。在第四幕第一场戏里，缄默的拉维妮娅用残肢翻看侄子奔跑时从腋下掉在地上的奥维德的《变形记》，一直翻到“忒柔斯强奸菲洛米拉的故事”那一页。然后，拉维妮娅用嘴衔住手杖，以残肢在沙地上写出“‘强奸’，凯戎、德米特律斯”。真相大白，泰特斯引用塞内加悲剧《希波吕托斯》（*Hippolytus*）中“诸天的伟大主宰，你听闻犯罪如此迟缓，眼力如此迟缓？”这句台词来回应。正是这部戏，为凯戎、德米特律斯打上强奸、残害拉维妮娅的标记。

布鲁姆认为,与其说莎士比亚在此把奥维德和塞内加作为文学典故来运用,倒不如说他为了泰特斯及其家人所受的荒谬痛苦,从模仿现实主义中进一步抽离出来。因此,泰特斯策划对皇宫发起进攻便显得恰如其分。进攻中,幻觉之箭雨点般落下,每支箭标明射向一个特定的神,分别是周甫(朱庇特)、阿波罗、马尔斯(战神)、帕拉斯(雅典娜)、墨丘利。奇怪的是,当塔摩拉乔装成“复仇女神”,在扮成“谋杀”的德米特律斯和扮成“强奸”的凯戎的两个儿子的陪同下,前去拜访泰特斯时,莎士比亚超出了虚构。母子三人的表面目的是让泰特斯为皇帝、皇后举行家宴,并邀路西乌斯出席商谈和平,实则要借机除掉泰特斯和此时正率哥特人围攻罗马的路西乌斯父子。这些情节好似一部肥皂剧,但从整个剧情来看,实属一部恐怖戏。泰特斯让为前来参加他谋划好“人肉盛宴”特意扮成“复仇女神”的塔摩拉离开,却留住“谋杀”者(德米特律斯)和“强奸”者(凯戎)。他命令把这两个恶棍捆起来,堵住嘴。其实,这场戏开场时的舞台提示——“泰特斯偕拉维妮娅上;泰特斯执刀,拉维妮娅拿一盆。”——已使读者沉浸在将要发生的血腥复仇的战栗之中。剧情发展到第五幕第二场,也是全剧倒数第二场,泰特斯才第一次说出欢快的台词:

泰特斯　听着,坏蛋,我要怎么弄死你们。我用剩下的这只手,切断你们的喉咙,与此同时,拉维妮娅两条残肢抱住那个盆,接收你们的罪恶之血。知道吧,你们母亲意图与我同席共宴,还自称复仇女神,以为我疯了。——听着,恶棍!我

> 要把你们的骨头碾成粉，再用你们的血，把它调成面糊。我要用面糊弄个大馅饼皮，把你们可耻的脑袋做成两个肉饼。叫那婊子，你们渎神的恶娘，像大地一样，吞下自己的骨肉。这就是我叫她来赴的宴席，这就是她要饱餐的盛宴。因你们对我女儿，比那坏蛋对菲洛米拉更坏，我复起仇来，比普洛克涅更凶。现在，你们备好喉咙。——拉维妮娅，来。（他切断二人喉咙。）接血，等他们一死，让我把他们的骨头碾成粉末，用这可憎的血调合。把他们邪恶的脑袋裹上那面糊，烘烤。来，来，人人出把力，弄好这场盛宴，我希望能见证，它比"人马怪"的盛宴更凶暴、血腥。好，——现在把他们抬进去，因为我要扮演厨师，在他们母亲来之前，眼见把他们弄好。（抬两具死尸；众下。）

泰特斯拿奥维德的故事作"这场盛宴"的先例。在奥维德的故事里，菲洛米拉的姐姐普洛克涅招待强奸了妹妹的丈夫国王忒柔斯吃晚餐，不知情的忒柔斯把亲儿子吃到肚子里，而在塞内加的悲剧《提耶斯忒斯》中，剧情高潮正是阿特柔斯"邪恶的盛宴"。显而易见，莎士比亚在此把奥维德和塞内加两位前辈的原型故事做了加工。比如，用"棺材似的馅饼皮，把凯戎和德米特律斯两人的脑袋做成美味的肉饼"。接下来，一身厨师打扮的泰特斯把肉饼摆上餐桌，不久，他先杀死拉维妮娅，随即告诉塔摩拉她吃了自己儿子的肉,再将她杀死。布鲁姆进而分析,莎士比亚因不想让泰特斯看到更大的死亡场景,才安排萨特尼纳斯出手杀死泰特斯,再由未来的罗马新皇帝、泰特斯二十五个儿子中唯一幸存的路西乌斯杀死萨特尼纳斯,使血腥复仇完美收场。

布鲁姆对莎士比亚刻画摩尔人亚伦之死最为激赏,称其“勇敢地救下”他与塔摩拉偷情所生的黑皮肤的婴儿,最后,被齐胸埋在土里,活活饿死。可见,布鲁姆本人对亚伦有着不顾一切的感情,他甚至觉得,亚伦在终场戏落幕之前说出的临终之言——“啊! 何以愤怒成了缄默、狂怒的哑巴? 我不是婴儿,我,不会以卑微的祈祷,忏悔我犯下的罪恶。我若能随心所愿,还要上演比以往坏一万倍的恶事。哪怕平生做过一件好事,我倒要从灵魂深处为之忏悔。”——是莎士比亚让亚伦以马洛笔下巴拉巴斯的方式,在至死不悔的遗言里显出尊严。

1955年,布鲁姆出席过的英国戏剧大师彼得·布鲁克(Peter Brook,1925—2022)抽象化风格的《泰特斯·安德洛尼克斯》的演出,认为这一演出版《泰特斯·安德洛尼克斯》“至少有一个优点,与血腥场景保持了一种象征性距离,尽管这血腥是莎士比亚过度模仿的代价”。随后,他无奈地表示,除非美国影视剧坛的新喜剧大师梅尔·布鲁克斯(Mel Brooks)和他的滑稽演员们通力合作,制作出更新一版的《泰特斯·安德洛尼克斯》,“我想我不会再去看这部戏,或者,也许把它制成音乐剧。尽管有一种肮脏的权力贯穿全剧,但我无法认可《泰特斯·安德洛尼克斯》有什么内在价值。该剧之所以重要,仅仅因为,唉,它无疑出自莎士比亚之手,何况,通过写这部戏,他在很大程度上将马洛和基德从想象中清除了出去。如我们所见,马洛遗风尚残存时日,恰好足够帮着糟蹋一下《约翰王》,但随着喜剧《爱的徒劳》、历史剧《理查二世》、悲剧《罗密欧与朱丽叶》的问世,莎士比亚终于远离了他这位天才的无情前辈。《泰特斯·安德洛尼克斯》对莎士比亚发挥过至关重要的作用,对于其他人却没做过什么"。